Chère lectrice,

Où trouve-t-on l'homme de sa vie ? Vaste question ! Bon nombre de couples se rencontrent dans le cadre de leur travail ou chez des relations communes, mais avec l'arrivée du IIIe millénaire, les modes de rencontre différents se multiplient...

Eh oui, aujourd'hui, Cupidon ne décoche plus seulement ses flèches lors d'un dîner chaleureux entre amis ou près de la photocopieuse en panne, mais aussi de manière virtuelle grâce aux nouvelles technologies. Le cybermarivaudage a fait son apparition avec Internet ! En France, 4 millions d'internautes cliqueraient sur la souris pour rencontrer l'âme sœur...

Ce n'est pas ce que Melinda, l'héroïne de *En tout bien tout honneur ?* (N° 1358), a en tête lorsqu'elle surfe sur un site de rencontres. Elle est juste à la recherche de nouvelles idées pour son agence de services et de conseils aux futurs mariés... Mais quand elle reconnaît, parmi une pléiade de célibataires, la photo de Ben Howard — encore plus séduisant qu'à l'époque de leurs années de lycée — elle s'amuse à rédiger un faire-part annonçant leur mariage qu'elle envoie par inadvertance au journal local ! Un mariage inventé de toutes pièces, bien sûr, sauf que la réaction de Ben, le célibataire le plus convoité de toute la Californie, n'a rien de virtuelle, et Melinda va aller de surprise en surprise... bien réelles celles-là !

Bonne lecture !

La Responsable de collection

D1340441

Un papa à l'essai

SARA ORWIG

Un papa à l'essai

Collection *Passion*

*éditions*Harlequin

Cet ouvrage a été publié en langue anglaise
sous le titre :
SHUT UP AND KISS ME

Traduction française de
FLORENCE MOREAU

HARLEQUIN®

est une marque déposée du Groupe Harlequin
et Passion® est une marque déposée d'Harlequin S.A.

Originally published by SILHOUETTE BOOKS,
division of Harlequin Enterprises Ltd.
Toronto, Canada

Photo de couverture
© JOSE LUIS PELAEZ / CORBIS

1.

Michael Remington écoutait d'une oreille distraite l'avocate énoncer les dernières volontés de John Frates.

Il lui semblait étrange de figurer sur le testament de cet homme, auquel il avait sauvé la vie, certes, mais uniquement parce que cela faisait partie de ses fonctions. Ramener vivant l'otage John Frates, fait prisonnier dans la jungle colombienne, avait été sa mission quelques années plus tôt, et la satisfaction de s'en être brillamment acquitté lui avait amplement suffi jusqu'ici.

Deux de ses amis, comme lui anciens membres des Forces Spéciales, assistaient également à la lecture : Jonah Whitewolf, l'un des meilleurs artificiers de sa connaissance, et Boone Devlin, pilote d'hélicoptère émérite. Quand tous trois avaient délivré Frates des mains de ses ravisseurs, cela n'avait fait que resserrer entre eux des liens déjà indéfectibles. Et comme ils n'avaient guère l'occasion de se rencontrer en raison de leurs différentes missions, le trio était impatient de se retrouver ce soir autour d'un bon dîner.

Finalement, Mike aurait dû savoir gré à Frates de les réunir de nouveau en cette journée d'avril, même en d'aussi tragiques circonstances — lui et sa femme ayant récemment disparu dans un accident de bateau au large de l'Ecosse.

Pourtant, tout en balayant du regard l'élégant cabinet d'avocats, il se demandait surtout dans quelle nouvelle galère allait l'embarquer cette histoire.

L'endroit était situé sur l'avenue principale de San Antonio, Texas. Les murs étaient lambrissés de boiseries sombres, le plancher soigneusement lustré, les fauteuils de cuir fort imposants. Cependant, l'élément le plus attractif de l'ensemble était indubitablement l'éminent membre du barreau qui les y recevait !

Mike considéra la jeune femme aux cheveux blonds assise derrière le bureau en acajou et regretta que sa superbe chevelure soit présentement retenue en un strict chignon. Il avait remarqué dès le premier coup d'œil ses jambes fabuleuses. Outre cette partie de son anatomie, elle possédait des traits de rêve, susceptibles de faire fantasmer tout homme normalement constitué… à une exception près : ses yeux bleus étaient aussi glacés qu'un fjord norvégien.

Soudain, il sourcilla. Ne venait-elle pas de prononcer son nom ?

Il prêta alors une oreille plus attentive à la lecture du testament, non sans dévorer des yeux la lectrice. Décidément, elle avait autant d'allure que de caractère !

Dès qu'il avait franchi le seuil du cabinet, un premier malentendu avait surgi entre eux : d'après la signature apposée sur sa convocation — S. Clay —, il avait cru qu'il s'agissait d'un homme. Or, S. Clay était on ne peut plus femme ! Nul doute qu'elle n'avait guère apprécié qu'il en fasse la remarque.

Eh bien, au diable sa susceptibilité ! Si elle tenait à éviter tout quiproquo, elle n'avait qu'à signer Savannah Clay, voilà tout.

Tiens, nota-t-il, elle ne portait pas d'alliance. Au fond, était-ce si surprenant ? Bien que ravissante, elle ne paraissait guère liante.

8

— ... et à Michael Remington, à qui je voue une éternelle reconnaissance, je lègue ce que je possède de plus précieux au monde : je le désigne comme tuteur de ma fille Jessie Lou Frates.

A ces mots, Mike sursauta comme s'il venait de recevoir une décharge électrique.

Abasourdi, il fixa l'avocate, bouche ouverte, puis ses oreilles se mirent à bourdonner tandis que les lèvres de la jeune femme continuaient de remuer sans qu'il comprenne un traître mot de son discours.

Jessie Lou ? Lui, s'occuper d'une petite fille ? Certes, Frates l'avait appelé, cela faisait environ un an, pour l'informer qu'il le couchait sur son testament, mais il n'avait pas pipé mot d'un enfant ! D'ailleurs, à l'époque, il n'était même pas père. En plus, il s'agissait d'un bébé... Non, c'était certainement une erreur, tenta-t-il de se rassurer, il ne connaissait absolument rien aux enfants, et encore moins aux bébés ! Jamais il n'avait souhaité prendre de telles responsabilités. Il avait dû mal comprendre...

Bon sang ! Lors de sa carrière militaire, Dieu sait s'il avait connu des situations extrêmes, des moments où sa vie était en réel danger, mais *jamais* il ne s'était senti aussi nerveux qu'en ce moment.

— Vous êtes bien silencieux, colonel Remington, observa finalement l'avocate. Avez-vous des questions ?

Prenant conscience que la lecture était terminée et fort agacé par le ton désinvolte de la jeune juriste, Mike plongea les yeux dans le regard bleu cristal de cette dernière et répondit sur un ton où sourdait la colère :

— Oui, j'aurais *beaucoup* de questions à poser. Si vous voulez bien m'accorder quelques minutes...

— Naturellement, colonel, acquiesça-t-elle en se levant.

Puis, tendant la main à Jonah puis à Boone, elle ajouta avec un sourire poli :

— Messieurs, je vous remercie de votre attention. Je reprendrai bientôt contact avec vous.

Ses amis à peine sortis, Mike se leva d'un bond :

— Il est hors de question que je prenne cette enfant en charge, asséna-t-il. John Frates ne m'avait jamais parlé de cette éventualité.

— J'ai pourtant cru comprendre qu'il vous avait téléphoné, répondit-elle calmement.

— Oui, pour m'informer qu'il venait de se marier et qu'il avait rédigé son testament. Il me précisait par ailleurs que j'y figurais. Néanmoins, à aucun moment il n'a évoqué l'existence d'un enfant.

— A la naissance de Jessie, qui remonte à cinq mois, John a réécrit son testament, l'informa l'avocate, sourire à l'appui. Rasseyez-vous, colonel, je vous en prie.

Ah non ! pensa Mike, furieux, elle n'allait pas commencer en plus à lui faire du charme.

— Ecoutez, je ne *peux* ni ne *veux* être responsable de Jessie Lou Frates, répéta-t-il.

— Si ce sont les questions financières qui vous tracassent, lui expliqua-t-elle patiemment comme si elle s'adressait à un enfant, je vous rappelle que vous héritez de la résidence des Frates à Stallion Pass, d'une pension plus que généreuse pour vos besoins quotidiens et ceux de Jessie, et enfin d'un million et demi de dollars qui seront versés dès demain sur votre compte en banque.

— Ne versez rien sur mon compte en banque ! s'écria Mike. Ne comprenez-vous donc pas ce que je suis en train de vous dire ? Je *ne veux pas* être le tuteur de cette enfant.

10

— Les Frates n'avaient pas de famille, déclara-t-elle gravement. Personne qui puisse prendre Jessie en charge. Or, elle n'a que cinq mois…

Elle plaidait la cause de Jessie avec une telle ferveur que ses joues en étaient toutes roses, ce qui indubitablement ajoutait à son charme, nota-t-il malgré lui. Ah, assez ! Savannah Clay l'agaçait suprêmement. Elle s'adressait à lui comme s'il était dur d'oreille ou trop stupide pour comprendre ce qu'elle tentait de lui expliquer.

— Si vous ne l'adoptez pas, elle deviendra une pupille de l'Etat, conclut-elle après un silence.

— Je suis désolé, mais je n'y peux rien, répondit-il sèchement. Elle ne sera pas la première, et il est hors de question que je m'occupe de tous les orphelins d'Amérique.

A cet instant, une étincelle de colère brilla dans le regard de la jeune femme.

— John Frates vous tenait en haute estime, asséna-t-elle, et il vous a fait confiance. Le décevriez-vous *post mortem* ?

— Il m'était simplement reconnaissant parce que je lui avais sauvé la vie ! Ne cherchez pas à m'attendrir avec des compliments, c'est inutile.

— Regardez ceci, s'il vous plaît, lui demanda-t-elle.

Elle ouvrit un tiroir et, se penchant par-dessus le bureau, lui tendit une enveloppe. Ce mouvement souleva dans son sillage une bouffée de parfum… divin.

Lorsque Mike se saisit de l'enveloppe, il effleura ses doigts malgré lui, et une sorte d'électricité lui parcourut le corps.

Sur la photo, un bébé aux boucles brunes souriait.

— C'est Jessie, précisa Savannah.

— Elle est adorable, déclara-t-il, mais cela ne me fait pas changer d'avis.

— Pourquoi ?

— Je suis célibataire et n'ai pas l'intention de renoncer à ma liberté. En outre, je ne connais rien aux enfants.

— Peut-être le moment d'apprendre est-il venu, suggéra-t-elle en braquant sur lui ses grands yeux.

— Ecoutez, s'énerva Mike, je vais bientôt intégrer la CIA, je serai amené à voyager tout le temps et je ne peux en aucun cas m'encombrer d'un bébé.

— Comme c'est courageux de votre part, colonel Remington ! Vous refusez un héritage généreux, une maison et un bébé, simplement parce que vous redoutez une aliénation qui n'existe que dans votre imagination ?

— Oui, c'est exactement cela ! conclut-il, désireux d'échapper au plus vite à cette sirène de malheur et à ce maudit testament.

— Vivez-vous seul ?

— Oui, répondit-il en rongeant son frein.

— Cela ne m'étonne pas ! décréta la jeune femme avec un petit air condescendant.

— Que sous-entendez-vous, mademoiselle Clay ? Vous non plus, vous n'êtes pas précisément chaleureuse ! répliqua-t-il, exaspéré. Et de toute évidence, vous aussi êtes célibataire.

Au grand étonnement de Mike, elle éclata de rire. Ses dents ressemblaient à des perles blanches et des étincelles brillaient dans ses yeux. Le rire lui seyait merveilleusement...

— Je constate que vous perdez votre calme ! finit-elle par dire. Cela montre votre mauvaise conscience.

— Vous auriez tort de tirer des conclusions aussi hâtives, mademoiselle.

Soudain, elle regarda sa montre et déclara :

— Il commence à se faire tard. Pourquoi ne dînerions-nous pas ensemble, colonel ? Nous pourrions continuer à discuter tranquillement de tout cela.

— Non merci !

12

A cet instant, et de façon tout à fait inattendue, elle défit son chignon. Sa chevelure blonde se répandit en un ruissellement d'or sur ses épaules, ce qui lui conféra immédiatement une sensualité extraordinaire, au point que Mike en oublia presque son animosité.

— Refusez-vous souvent lorsqu'une femme vous invite à dîner, colonel ? demanda-t-elle d'une voix enjôleuse. Ou craignez-vous simplement que je ne vous fasse changer d'avis ?

Il la considéra quelques secondes.

Naturellement, il aurait dû répondre par l'affirmative et déguerpir au plus vite. Hélas ! Savannah Clay se tenait devant lui telle une tentation vivante, sa chevelure cascadant jusqu'au creux de ses reins et son regard bleu le défiant... De quoi faire perdre la tête à n'importe quel représentant du sexe masculin.

— Non, concéda-t-il, je ne refuse jamais l'invitation d'une jolie femme. Cependant, désolé de vous décevoir, vous ne parviendrez pas à me faire changer d'avis.

— Savez-vous qu'il ne faut jamais dire : « Fontaine, je ne boirai pas de ton eau », colonel ? Je suis ravie que vous acceptiez mon invitation.

— Puisque nous allons dîner ensemble, laissons tomber le protocole et appelez-moi Mike.

— Entendu ! dit-elle en lui décochant de nouveau son sublime sourire. Si vous voulez bien m'excuser quelques minutes, je dois m'entretenir avec mon collaborateur avant de partir.

Et là-dessus, elle sortit de la pièce.

Profitant de son absence, Mike se saisit de son portable et appela ses amis à l'hôtel.

— Désolé pour ce soir, je ne dînerai pas avec vous. Il faut que je discute avec l'avocate. Je ne peux pas accepter cette tutelle, c'est insensé !

— Je te comprends ! répondit Boone. Dans ces conditions, prenons notre petit déjeuner ensemble. Demain matin, 8 heures ?

— Entendu ! A demain.

Mike raccrocha et continua d'inspecter le bureau où il se trouvait, détaillant les livres de loi alignés sur les rayons de la bibliothèque et les marines accrochées aux murs.

Ses pensées se mirent à vagabonder, et il se rappela son arrivée au cabinet.

Aussitôt franchi le seuil de l'élégant bâtiment en brique qui affichait sur une plaquette aux lettres dorées : « Slocum & Clay, Avocats à la cour », il s'était retrouvé face à une blonde aux yeux d'un bleu à faire pâlir les mers du Sud.

— Excusez-moi, je cherche le bureau de S. Clay. Seriez-vous sa secrétaire ?

— Je suis S. Clay, avait-elle répondu en lui tendant la main. Savannah Clay.

— Oh, excusez-moi ! Je ne m'attendais pas à rencontrer une femme...

— J'espère que vous n'avez rien contre le fait que je ne sois pas un homme, avait-elle répliqué du tac au tac. Et vous, vous êtes le colonel Remington, n'est-ce pas ?

— Comment l'avez-vous deviné ?

— John Frates m'a fait une description précise de votre personne. Un homme direct et ayant le sens des responsabilités, c'est ainsi qu'il vous a dépeint.

Dès le début, il avait compris qu'ils s'affronteraient. Néanmoins, ce dîner pouvait se révéler intéressant... Quel effet cela ferait-il d'embrasser Savannah Clay ? Aurait-il la

14

sensation d'étreindre une sculpture de glace, ou une femme bien réelle sommeillait-elle sous la glace ?

— Désolée d'avoir été si longue, déclara celle-ci en rentrant dans la pièce. Allons-y !

Comme ils traversaient le corridor, un blond au teint hâlé sortit d'un autre bureau, accompagné d'une jolie rousse.

— Mike, je vous présente mon associé, Troy Slocum, et notre assistante, Liz Fenton.

Des poignées de mains furent échangées, et Slocum s'exclama :

— C'est donc vous le fantastique colonel Remington, l'homme exceptionnel que John mettait sur un piédestal !

— Réaction typique d'un ancien otage envers celui qui l'a délivré, se défendit froidement Mike. Pour ma part, je n'ai fait que mon travail en secourant John Frates.

D'emblée, Troy Slocum lui était antipathique, et en général ses intuitions ne le trompaient pas.

— Combien de partenaires avez-vous ? demanda-t-il à Savannah une fois sur le trottoir.

— Troy est mon unique associé et, outre Liz, nous avons un deuxième assistant, Nathan, répondit-elle en extirpant de son sac ses clés de voiture. Sans oublier Nicole, notre secrétaire.

Elle lui adressa un sourire lorsqu'il lui ouvrit galamment la portière de la voiture, portière qu'il ne referma pas sans avoir glissé un œil en direction de ses longues jambes.

Puis il contourna la voiture et prit place côté passager.

— Parlez-moi de vous, colonel, ordonna-t-elle en démarrant.

— Mike, corrigea-t-il. Eh bien… Je viens de démissionner de l'armée pour entrer dans la CIA. Mais je présume que vous

15

le savez déjà, n'est-ce pas ? Enumérez-moi plutôt les informations que vous détenez sur moi, ce sera plus simple.

— Très bien ! Vous êtes né dans le Montana et avez obtenu un diplôme de l'Ecole d'aviation nationale avant de vous engager dans l'armée. Vous avez trente-six ans, vous êtes célibataire, vous avez deux frères, et vos parents vivent en Californie, voilà. Comme vous pouvez le constater, je ne sais rien d'essentiel sur vous !

Bon sang ! Pourquoi l'irritait-elle et l'attirait-elle en même temps à ce point ?

— Cependant, c'est bien plus que je n'en sais moi-même sur vous, observa-t-il. Pour rétablir l'équilibre, je suggère que vous me dressiez aussi un petit aperçu de votre parcours.

— Que dire ? Je suis diplômée de l'université du Texas. J'ai trois frères, trois sœurs…

— Quelle grande famille ! Etes-vous la plus âgée ?

— La quatrième. Je suis née à Stallion Pass.

— Vous connaissez donc John Frates depuis votre enfance ?

— Exactement. Au fait, vous aimez manger italien ? demanda-t-elle en se garant devant une pizzeria.

— Bien sûr, assura-t-il.

De toute façon, avait-il le choix ?

Une fois qu'ils furent installés et qu'ils eurent commandé des lasagnes, Mike se pencha en avant et regarda la jeune femme dans les yeux :

— Parlez-moi de Stallion Pass.

— John Frates et ses parents ont énormément contribué à la prospérité de la bourgade. Ils y possédaient une compagnie pétrolière, la Frates Oil. Ils avaient également la maison dont vous avez hérité, un ranch dédié à l'élevage, et un autre aux…

— *Deux* ranchs ?

16

— Vous n'avez donc pas écouté, lorsque je lisais le testament ?

— J'avoue que j'étais sous le choc de la nouvelle concernant la tutelle de l'enfant, répondit-il d'un ton sarcastique. J'ignorais d'ailleurs que ce genre de legs était légal.

— Quoi de plus légal que de désigner un tuteur pour ses enfants en cas de décès ? John ne vous en avait pas encore parlé, mais il en avait l'intention. Seulement, il ne prévoyait pas de mourir aussi tôt...

— Pourquoi n'est-ce pas l'un de mes camarades qui hérite de l'enfant ?

— Ils ont hérité des ranchs, mais visiblement John avait une confiance toute particulière en vous.

— Je m'en passerais bien ! Tout comme Boone et Jonah se passeraient de ces ranchs, j'en suis certain. Ce sont des hommes qui refusent toute attache, aussi bien familiale que matérielle.

— A un certain âge, il convient d'évoluer, Mike.

A cet instant, elle se pencha vers lui, et les lueurs des bougies se reflétèrent dans les profondeurs de ses yeux.

Mike eut la vertigineuse sensation de se noyer dans l'océan... Son regard dériva vers sa bouche. Quel genre de femme était-elle exactement ? Comment se comportait-elle dans les bras d'un homme ?

— Avez-vous déjà été amoureuse, maître ? murmura-t-il tout à trac.

Sa question la surprit-elle ? Toujours est-il qu'elle n'en laissa rien paraître et, lui adressant un petit sourire, répondit docilement :

— Une fois, à l'université. Pas depuis.

— Vous n'avez pas de petit ami, en ce moment ?

— Non. La place vous intéresserait-elle ?

Là-dessus, elle éclata de rire et, pris au dépourvu, Mike se mit à rire, lui aussi.

En somme, elle lui faisait le coup de l'arroseur arrosé : il avait voulu la déstabiliser, mais elle avait rapidement repris les rênes de la situation.

Soudain, elle lui saisit le poignet.

— Dites-moi…, commença-t-elle.

— Tout ce que vous voulez, répondit-il d'une voix rauque, fasciné par ses yeux, subjugué par la douceur de ses doigts sur sa peau.

— Si John Frates vous avait appelé pour vous demander d'être le tuteur de sa fille, que lui auriez-vous répondu ?

Cette question dissipa brutalement les pensées érotiques de Mike : deux yeux scrutateurs le fixaient, attendant une réponse.

Il retira son poignet.

— Je ne peux vous répondre, car il ne m'a pas appelé, répondit-il avec froideur.

— Je suis certaine que vous auriez répondu oui ! décréta Savannah d'un air triomphant.

— Ne me faites pas dire ce que je n'ai pas dit. On croirait que vous êtes en train de plaider et que je suis le coupable qu'il faut absolument faire avouer !

Sortant de nouveau la photo de Jessie, Savannah la lui brandit sous le nez.

— Regardez cette petite fille… Comment pouvez-vous refuser de vous occuper d'elle ? En outre, avec la fortune dont vous héritez, vous pourrez vous offrir toutes les baby-sitters de la terre !

— Pensez-vous véritablement qu'un père qui confie son enfant à des baby-sitters est préférable à une famille d'accueil ?

— Incontestablement, répondit-elle sans hésitation. Si on la place dans une famille d'accueil, elle risque d'être ballottée de foyer en foyer. Hélas, c'est toujours ainsi que cela se passe. Alors que si vous l'adoptez officiellement, vous serez responsable d'elle. Je connais John depuis l'enfance, il ne peut pas s'être trompé à ce point sur vous.

— C'est inutile, maître, je ne prendrai pas cette enfant en charge, rétorqua-t-il d'un ton catégorique.

Savannah replaça la photo dans son sac à main et chipota ses lasagnes, tandis que Mike sirotait un verre de vin. Pourquoi n'avait-il pas commandé un alcool plus fort ?

Au moment de payer, il s'empara d'autorité de la note et régla l'addition.

Savannah le ramena ensuite à l'hôtel. Avant de descendre de la voiture, il se lança :

— Désolé, Savannah, je ne puis accepter ce legs. J'aurais aimé vous faire plaisir, mais c'est impossible…

— Personne ne peut vous y contraindre, Mike. Passez demain matin à mon cabinet, il y aura l'assistante sociale. Nous essaierons de trouver ensemble une solution pour Jessie.

— Entendu, dit-il, encore une fois irrésistiblement attiré par sa bouche. Bonne nuit, maître.

— Je ne sais pas si, de votre côté, vous dormirez facilement, sachant que vous abandonnez une orpheline à son triste sort, insinua-t-elle.

— Si cela peut vous rassurer, je tombe de sommeil. Par conséquent je ne crains pas l'insomnie cette nuit. Une dernière chose, Savannah : est-ce une habitude, chez vous, de vous immiscer dans la vie privée des gens ?

— Non, c'est exceptionnel, précisa-t-elle d'un ton morne.

Puis, dardant sur lui un regard pénétrant, elle ajouta :

— Je cherche toujours ce que John a pu voir en vous que je n'aie pas encore découvert…

19

— Je l'ai arraché à l'enfer de la jungle, il m'était reconnaissant de lui avoir sauvé la vie, et cette reconnaissance l'aura aveuglé. Réaction caractéristique de quiconque envers son sauveur.

— John m'a longuement parlé de ces journées passées avec vous durant sa fuite, lorsqu'il risquait à chaque instant d'être repris. Il savait qu'il pouvait vous faire entièrement confiance.

— Eh bien, dommage qu'il ne soit plus là pour constater quel lâche je suis en réalité ! déclara cyniquement Mike. Trouvez un autre tuteur pour la petite Jessie, si son sort vous tient tellement à cœur. Bonne nuit.

Là-dessus, il descendit de la voiture et la regarda s'éloigner. Un léger sentiment de regret le saisit à l'idée qu'il ne la reverrait sans doute jamais.

Le vol pour Washington était à 15 heures le lendemain. Une fois embarqué, il ne reviendrait plus jamais à San Antonio et il ne connaîtrait jamais le goût des lèvres de Savannah Clay. Finalement, il était heureux qu'elle lui ait donné rendez-vous le lendemain matin. C'était une dernière occasion de la revoir, se dit-il, rêveur.

Tout en regardant la silhouette de Mike rapetisser dans le rétroviseur, Savannah poussa un soupir de ressentiment.

— Egoïste ! marmonna-t-elle.

Rien d'étonnant du reste ! Cet homme était trop beau pour être honnête !

A son corps défendant, elle devait reconnaître qu'il émanait de lui un puissant sex-appeal. Etaient-ce ses prunelles sombres ou ses sourcils de jais qui rendaient son regard irrésistible ? Les deux sûrement…

Bref, c'était le type même du beau ténébreux au cœur de pierre. Son assurance à tous crins prouvait assez qu'il était habitué à ce que les femmes fondent sous son fameux regard ! Elle-même, chaque fois qu'ils s'étaient fortuitement effleurés au cours de la soirée, n'avait pu retenir un frisson… Pourvu qu'il ne s'en soit pas rendu compte !

Allons, il devait bien y avoir un moyen de le persuader d'adopter Jessie, John ne se trompait jamais dans le jugement qu'il portait sur autrui. Pas de façon aussi radicale, du moins. Il avait forcément détecté chez le colonel Remington des qualités humaines qui lui avaient donné à penser qu'il ferait un bon tuteur pour sa fille. Oui, mais lesquelles ?

En tout cas, elle ne saisissait pas ce qu'il avait bien pu repérer d'humain en lui : Mike Remington lui semblait d'un caractère difficile, entièrement centré sur lui-même et sur ses propres intérêts. Il n'était ni charitable ni généreux… et pourtant, il allait renoncer à un million et demi de dollars. Quel genre d'homme était-ce donc ?

Elle se sentait de plus en plus perplexe. Selon John, le colonel était solide, courageux et intelligent. Pour sa part, elle l'aurait volontiers taxé d'égoïste et d'entêté. Cependant, combien de gens étaient capables de renoncer à un héritage d'un million et demi de dollars ?

Elle se rabattit brusquement en apercevant une place libre non loin de son immeuble, manœuvra nerveusement et coupa le contact. En dépit de tous ces points d'interrogation, elle possédait au moins une certitude : parmi les trois hommes présents dans son bureau tout à l'heure, Mike Remington paraissait le moins apte à remplir un rôle de tuteur !

Allons, soupira-t-elle, après quelques bonnes heures de sommeil, il changerait peut-être d'avis. La nuit ne portait-elle pas conseil ?

Ce soir-là, elle rentrait à l'appartement qu'elle possédait à San Antonio. Le week-end elle revenait à Stallion Pass, mais en semaine elle préférait rester en ville.

21

Une fois chez elle, elle se fit une infusion au tilleul qu'elle but pensivement, à petites gorgées, pelotonnée dans le canapé du salon. Mike Remington ne lui sortait pas de l'esprit.

Dès le premier regard, elle avait trouvé le colonel attirant. Très attirant, même. Quand il lui avait serré la main, elle avait retenu son souffle… Mais nul doute qu'il faisait cet effet à toutes les femmes, se morigéna-t-elle, agacée.

Ce dîner n'avait servi à rien. Remington avait catégoriquement campé sur ses positions concernant Jessie. Demain, serait-elle davantage en mesure de le faire fléchir ?

Il devait bien y avoir un moyen de l'émouvoir. Il *fallait* qu'il y ait un moyen !

Forcément, cette histoire ramenait Savannah à son propre passé… Avec tendresse, elle se mit à penser à ses parents et ses six frères et sœurs : à part les trois aînés, les autres, elle y compris, étaient des enfants adoptés.

Non sans un pincement au cœur, elle se revit à l'âge de quatre ans. Son père biologique venait d'abandonner le foyer familial. Quelques mois plus tard, sa mère la confiait à la garde d'une voisine et disparaissait à son tour à tout jamais de sa vie. Pendant un an on l'avait placée dans des familles d'accueil successives, jusqu'à ce qu'Amy et Matt Clay l'adoptent dans leur chaleureuse maison… Subitement, elle frissonna et, par réflexe, se frictionna les bras, comme pour conjurer les anciennes peurs et les vieilles blessures.

Cette nuit-là, en dépit du tilleul, elle dormit peu et fut debout avant le lever du soleil.

Vers 8 heures, sur le point de partir, elle vérifia une ultime fois son reflet dans le miroir.

Elle portait un tailleur violet, des améthystes aux oreilles, un collier composé des mêmes pierres autour du cou, et son chignon était impeccablement tiré. Bref, elle ressemblait à une véritable femme active.

Brusquement, elle se rappela le regard de Mike la veille, quand elle avait détaché ses cheveux, et son pouls s'accéléra... Ah non, elle n'allait pas recommencer ! Il était impératif qu'elle se concentre sur Jessie. Dès qu'elle arriverait au bureau, elle appellerait l'assistante sociale.

Il lui restait deux heures avant le rendez-vous avec Mike Remington.

Le rendez-vous de la dernière chance.

23

2.

Après sa douche matinale, Mike enfila rapidement un polo marin et un jean et descendit rejoindre ses amis dans la salle à manger de l'hôtel. Il les repéra instantanément dans l'assistance, leurs deux têtes dépassant largement toutes les autres.

Dès qu'ils eurent commandé leurs petits déjeuners, la conversation s'orienta tout naturellement sur l'héritage de John Frates, et plus précisément sur la part qui était échue à Mike.

— Quel effet cela te fait-il de devenir subitement père ? questionna Jonah.

Mike secoua la tête.

— Je ne veux pas accepter ce legs.

— Tu refuserais la demande *post mortem* de John ? s'étonna Boone.

— Je ne me sens pas en mesure de m'occuper d'un enfant, se défendit-il. En revanche, si l'un de vous deux veut s'en charger...

— En somme, tu penses à un échange, observa Boone, amusé. Ça m'étonnerait que l'avocate soit d'accord, elle me paraît bien trop rigoureuse pour envisager ce genre de transaction.

— Effectivement, renchérit Jonah, elle n'a pas l'air de plaisanter !

24

— En ce qui me concerne, ne compte pas sur moi, prévint Boone en se calant contre le dossier de sa chaise. J'ai déjà assez donné avec mes huit frères et sœurs.

— Justement, ça ne devrait pas te poser problème, observa Mike. Un de plus, un de moins…

— Inutile d'insister, mon vieux ! Avoir élevé huit enfants, ça m'a guéri pour la vie de l'envie d'être père.

— Et toi, Jonah, serais-tu prêt à souscrire à ma proposition ?

— Au risque de te décevoir, je suis tout à fait satisfait de mon legs, décréta son ami avec un large sourire. Posséder un ranch était l'un de mes rêves les plus chers.

— Tiens, c'est nouveau ! fit Mike.

— Aurais-tu oublié qu'enfant, je passais toutes mes vacances dans le ranch de mon grand-père ? Et qu'en outre, du sang comanche coule dans mes veines ?

— Désolé, Mike, mais on dirait que tu ne vas pas pouvoir échapper à ton sort, commenta placidement Boone.

— Oh, que si ! répliqua Mike.

— Si tu renonces à l'enfant, fit remarquer Jonah après un silence, tu peux également dire adieu à l'argent.

— Je me moque de l'argent, j'en gagne suffisamment avec mon travail.

A cet instant, le serveur apporta leurs petits déjeuners, et Mike en profita pour observer ses amis à la dérobée. Jonah arborait toujours un teint hâlé, et quant à Boone, il avait comme d'habitude la tignasse en broussaille. Tous deux affichaient le même tonus physique. Que c'était bon de les revoir !

— Pour qui travailles-tu en ce moment, Jonah ? demanda-t-il.

— La Okmulgee Oil, en Algérie. Je passe quinze jours par mois là-bas, et les quinze autres à la maison.

— Tu utilises enfin ton diplôme d'ingénieur, observa-t-il. Et toi, Boone ?

— J'ai réalisé mon rêve : monter une compagnie charter. Je m'envole régulièrement pour le bout du monde. Et toi, Mike, toujours en service ?

— Non, moi aussi j'ai quitté l'armée : j'ai reçu une offre de la CIA. Je viens d'emménager à Washington... A propos, l'un d'entre vous s'est-il marié ?

A cet instant, il perçut une lueur douloureuse dans les yeux de Jonah. Il n'avait pas encore fini de divorcer, s'avisa-t-il.

— Vous souvenez-vous de cette fameuse nuit à Fort Lauderdale ? demanda brusquement Boone pour couper court au malaise.

Et les trois amis de replonger avec plaisir dans leurs souvenirs — jusqu'à ce que Mike réalise qu'il devait se dépêcher s'il voulait honorer son rendez-vous.

— Désolé, les potes, je dois y aller. Voici mes nouvelles coordonnées. Si vous êtes encore là à l'heure du déjeuner, appelez-moi !

Là-dessus, il se précipita à l'extérieur où l'attendait la voiture de location qu'il avait retenue.

Quelques minutes plus tard, il se dirigeait vers le bureau de Savannah Clay. Il avait rêvé d'elle toute la nuit. Des rêves excitants où elle était... entièrement consentante.

« Entièrement consentante », hein ? Il ferait peut-être mieux d'oublier ça ! se dit-il dépité.

Dans le hall de l'immeuble, la réceptionniste, une jolie brune, lui adressa un sourire aimable.

— Bonjour, colonel Remington. Je préviens maître Clay de votre arrivée.

Après un bref coup de téléphone, elle reprit :

— C'est la première porte...

26

— A droite, compléta-t-il en lui rendant son sourire.

Un sourire qui se figea lorsqu'il se retrouva face à Savannah, de nouveau frappé par sa beauté. Malgré lui, son sang se mit à courir plus vite dans ses veines.

— Colonel Remington, entrez, je vous en prie, s'exclama-t-elle cordialement.

Ce disant, elle se dirigea vers lui et lui prit carrément le bras pour l'inviter à entrer.

Hum, pourquoi tant d'amabilité ? se demanda-t-il soupçonneux, tandis que le parfum de la belle avocate enivrait ses sens.

— Mike, je vous présente Melanie Bradford, l'assistante sociale de Jessie.

C'est alors qu'il se rendit compte qu'ils n'étaient pas seuls dans la pièce. Il retint un haut-le-corps : la jeune femme en question portait un enfant dans les bras !

— Et voici Jessie ! ajouta Savannah suavement.

Puis, s'étant emparée du bébé, elle le lui fourra dans les bras.

Interdit, Mike baissa avec appréhension le regard sur le paquet tiède qu'on venait de lui remettre sans lui demander son avis.

Deux grands yeux bleus le heurtèrent de plein fouet.

D'abord, la petite fille sourcilla. Puis, après le premier moment de surprise, elle se détendit et esquissa un petit sourire.

Elle était vêtue d'une petite robe à fleurs, un nœud assorti ornant sa courte chevelure bouclée. Aucun doute là-dessus, elle était adorable.

— Si vous voulez bien nous laisser seuls un instant, Melanie, demanda Savannah.

Mike attendit patiemment que l'assistante sociale soit sortie pour déclarer avec fermeté :

— Cela ne change *rien* à ma décision !

— Faites au moins un peu connaissance avec Jessie, que diable ! Et méditez un peu sur ce million et demi de dollars qui vous est destiné… Personne ne vous demande de vous occuper du bébé à temps complet, vous savez, vous pouvez louer les services d'une nourrice ! Par ailleurs, vous héritez d'une superbe maison…

Savannah avait adopté un ton rauque pour tenter de le séduire. Si elle le croyait dupe de ses manœuvres ! Agacé, il lui tendit l'enfant.

— Gardez-la encore un peu, insista-t-elle tout bas. Regardez-la bien dans les yeux et dites-lui que vous allez faire d'elle une pupille de l'Etat, qui ira de foyer d'accueil en foyer d'accueil. Pensez à son père, à la confiance et à la foi qu'il avait placées en vous !

Sa voix s'était durcie, laissant transparaître la colère qui la gagnait peu à peu.

— Cessez ce chantage affectif, rétorqua Mike, passablement énervé. Je ne deviendrai pas le tuteur de Jessie Lou Frates !

— Pouvez-vous la regarder droit dans les yeux et lui répéter ce que vous venez de dire ?

Baissant les yeux vers Jessie, Mike ouvrit la bouche… et la referma. L'image de John Frates venait de s'imposer à lui.

— Assez, Savannah, laissez-moi tranquille ! On ne peut pas forcer un homme à devenir père.

— Ridicule. Les hommes se retrouvent souvent devant le fait accompli, en ce qui concerne la paternité ! Avez-vous l'intention de fonder une famille un jour, ou comptez-vous rester célibataire toute votre vie ?

— Je n'ai pas l'intention de fonder une famille *pour l'instant*, répondit-il sèchement. Et maintenant, reprenez ce bébé, s'il vous plaît. J'ai peur de le faire tomber.

A cet instant, Jessie se mit à gazouiller pour attirer son attention, en lui adressant un sourire baveux attendrissant.

28

Un regret furtif l'étreignit. Comme si elle devinait ce qui se passait en lui, la fillette se saisit de son doigt et le serra dans sa petite paume. Il raidit les mâchoires.

Sa vie avec un enfant ? Non, il ne pouvait l'imaginer. En outre, ses employeurs ne verraient pas d'un bon œil un papa poule à la CIA. Il ne pouvait tout de même pas renoncer à sa carrière pour s'installer dans le Texas comme père de famille !

— Elle est… très mignonne, finit-il par dire. Ne croyez surtout pas que cette histoire me laisse indifférent. Je sais que je vais avoir du mal à dormir pendant quelque temps, mais je ne *peux* pas devenir son père, Savannah, désolé.

— Je l'espère bien, que vous allez souffrir d'insomnie ! répondit amèrement Savannah en reprenant Jessie.

Songeuse, elle berça un instant le bébé dans ses bras et lui posa un baiser sur le front avant d'aller dans là pièce attenante le rendre à l'assistante sociale. Puis, s'adossant à la porte qu'elle venait de refermer, elle croisa les bras et leva la tête vers Mike.

Encore une fois, il fut subjugué par sa beauté. Comment une femme pouvait-elle être à ce point séduisante et… agaçante ?

— Accepteriez-vous de faire un tour en voiture avec moi ? lui demanda-t-elle d'un ton mystérieux. J'aimerais vous montrer quelque chose.

— Une chose qui va encore me mettre le moral à zéro ? Je vous assure que ce n'est pas la peine !

— Si vous avez mauvaise conscience, ce n'est pas ma faute, répliqua Savannah avec suffisance. Dites-moi, colonel, faites-vous toujours le difficile avec les femmes ?

— Entre nous, il ne s'agit pas de cela, et vous le savez !

A ces mots, Savannah darda sur lui un regard dubitatif, et il fut bien obligé d'admettre, en son for intérieur, que en réalité il s'agissait bien de *cela* entre eux.

29

— Je suppose que vous avez raison, répondit-elle d'un ton aussi rauque que désinvolte.

Un ton qui donna immédiatement à Mike l'envie de traverser la pièce, de la serrer dans ses bras et de l'embrasser là, tout de suite, pour la convaincre qu'il y avait bien anguille sous roche entre eux !

— Néanmoins, j'aimerais réellement passer un peu de temps en votre compagnie, ajouta Savannah.

Là-dessus, elle lui décocha un de ses fameux sourires. Combien de jurés et de juges y avaient déjà succombé ?

— Après tout, pourquoi pas ? finit-il par répondre. J'ai quelques heures à tuer avant de reprendre l'avion, je peux bien les passer avec vous. Qui sait où cela pourra nous mener ?

— Ne vous faites *aucune* illusion sur mes intentions, trancha-t-elle durement. Mais je vous sais gré d'accepter ma proposition. En route !

Il s'effaça pour la laisser sortir — non sans humer au passage l'odeur chavirante de son parfum.

— Vous savez, commença-t-il, si vous avez l'intention de me reparler de mon héritage, c'est peine perdue !

— Nous verrons bien. De mon côté, sachez que je ne renonce jamais sans me battre jusqu'au bout.

— Cette histoire vous tient à cœur, vous y mettez beaucoup de passion, observa-t-il. Mais qui sait ? Peut-être cette passion se trompe-t-elle de cible ?

— Si vous vous proposez pour cible, vous pouvez toujours rêver, colonel, répondit Savannah en éclatant de rire.

— Il ne faut jamais rien exclure a priori ; pas même l'impossible, répliqua-t-il tranquillement.

Il prodiguait de suprêmes efforts pour demeurer impassible, mais Savannah le mettait rudement à l'épreuve, à passer ainsi

30

sans prévenir de la froideur à la sensualité. Et ça, ça ne pouvait que le conduire vers des ennuis !

— Je suis garée là-bas, indiqua-t-elle une fois qu'ils furent dehors.

Où l'emmenait-elle donc ? se demandait-il toujours, quelques minutes plus tard, en regardant à la dérobée sa conductrice. Ils avaient quitté San Antonio et roulaient à présent à travers des collines verdoyantes.

Soudain, il réalisa. Quel imbécile…

— Nous allons à Stallion Pass, n'est-ce pas ?

— Bien vu ! Je veux vous montrer la villa.

— Cela ne changera rien, Savannah, la prévint-il.

— Etes-vous déjà tombé amoureux, colonel ? demanda-t-elle tout à trac. Hier soir, vous m'avez posé la question, c'est pourquoi je me permets de vous questionner à mon tour.

— Oui, répondit-il brièvement.

— De nombreuses fois, j'imagine.

— J'ai été amoureux plusieurs fois. Ce furent parfois des tocades, parfois des relations plus sérieuses, mais jamais rien de définitif. Je ne suis pas du genre à m'établir, et les femmes le comprennent rapidement.

— Néanmoins, elles tentent de s'accrocher et, au final, c'est vous qui partez, n'est-ce pas ?

— Qu'est-ce qui vous fait dire ça ?

— Vous êtes séduisant, emporté…

— Emporté ? Je crois être au contraire un modèle de modération et de compréhension. A une exception près : je refuse catégoriquement d'hériter d'un enfant.

— Vous pouvez changer d'avis.

— Non ! trancha-t-il avant de reprendre d'une voix plus insinuante : séduisant, donc ? Eh bien, maître, je suis heureusement surpris de vous arracher enfin une réaction positive. Je présume

31

que, de votre côté, vous ne laissez pas les hommes indifférents, même si vous les effrayez.

— Moi, je les effraie ? répéta-t-elle, mi-choquée mi-amusée. Vous ferais-je peur, colonel ?

— Reposez-moi cette question quand vous ne serez pas au volant, et je vous montrerai ce qu'il en est.

— Pourquoi voulez-vous travailler pour la CIA ?

— Pourquoi changez-vous de sujet ? répliqua-t-il du tac au tac.

Seul le silence lui répondit :

— Comme vous voudrez, poursuivit-il, mais nous reprendrons cette conversation plus tard. Je souhaite intégrer la CIA pour continuer à servir mon pays autrement que dans l'armée.

— Et pourquoi avoir quitté l'armée ?

— J'ai envie d'une vie moins mouvementée.

— Pourtant, vous êtes le genre d'homme qui aime l'action, non ?

— Et vous, quelle sorte d'avocate êtes-vous ? Spécialisée dans les successions ?

— Je suis spécialisée en droit des contrats, ce qui inclut les successions, effectivement. J'ai beaucoup travaillé pour John Frates que je connais depuis l'enfance.

— Vous êtes bien plus jeune que lui, pourtant !

— Merci, mais vous ignorez mon âge.

— Vingt-huit ans, je présume ?

— C'est risqué de s'amuser à deviner l'âge d'une femme, colonel, vous ne le savez pas ? Mais vous avez de la chance. J'en ai trente.

— Donc, dix de moins que John.

— Tiens, vous vous rappelez son âge ?

— J'ai étudié son dossier avant l'opération de sauvetage.

32

A cet instant, un petit sourire éclaira furtivement le profil de Savannah. Mike la soupçonna aussitôt d'avoir assemblé également des renseignements sur son passé à lui.

Ils traversèrent encore plusieurs bourgades avant d'atteindre Stallion Pass.

— La légende veut qu'ici un Apache soit tombé amoureux de la fille d'un cow-boy, expliqua Savannah comme ils passaient devant le panneau indiquant Stallion Pass. Les soldats ont tué l'Indien et, depuis, son fantôme erre dans la région sous la forme d'un étalon blanc, d'où le nom du village. D'après cette légende, celui qui se montre capable d'apprivoiser l'étalon trouve le véritable amour... Mais selon une version plus pragmatique, le village a été baptisé ainsi parce qu'il y avait de nombreux chevaux sauvages dans la région.

— Et aujourd'hui, y en a-t-il encore ?

— Il y a quelques années, un de mes voisins en a capturé un. Il l'a ensuite donné à un ami, qui lui-même l'a offert à un autre.

— Et ont-ils trouvé l'amour ?

— Tous ces hommes sont mariés à présent. Si vous les rencontrez, ce sera à vous de voir s'ils ont trouvé l'amour...

A ces mots, elle lui adressa un sourire malicieux.

— Vous savez que vous pouvez être charmante quand vous le voulez, déclara Mike, lui rendant son sourire.

— Vous aussi, Mike. On fume le calumet de la paix ?

— Entendu ! Mais ne déterrez pas la hache de guerre en me parlant de bébé...

Savannah se contenta de froncer le nez sans répliquer.

— Nous arrivons au centre de Stallion Pass, expliqua-t-elle. Cette ville a été construite après la Guerre de Sécession, autour du fort existant. Ensuite, elle a pris son essor grâce à la ligne de chemin de fer qui la traverse. Les Frates font partie des premières familles qui se sont installées ici. Avec les Clay, d'ailleurs. Entre les puits de pétrole et l'élevage, la région est assez prospère. Nous avons aussi un musée, un aquarium et des jardins botaniques.

Le voyant observer attentivement un bâtiment, elle précisa alors :

— C'est l'hôtel Wentworth, un des plus vieux du Texas. Et là, c'est le meilleur restaurant de Stallion Pass.

Mike l'écoutait tout en regardant les endroits qu'elle lui désignait. « Prospère » ne correspondait pas tout à fait à la réalité. « Opulent » aurait été plus adapté. La ville semblait être non seulement le fruit de richesses passées mais aussi présentes. Elle fourmillait de commerces, de restaurants et de bâtiments administratifs luxueux. Elle disposait également d'un immense parc, et des fontaines coulaient doucement sur les places ensoleillées.

Lorsqu'ils quittèrent le centre-ville historique, les maisons se firent plus modernes. Bientôt, Savannah passa entre d'impressionnantes grilles en fer et déboucha sur un lotissement de maisons bourgeoises aux pelouses soigneusement entretenues.

— Cet endroit semble crouler sous l'argent, observa Mike, pensif. Autant vous prévenir : ce genre d'endroit n'est vraiment pas mon style. Je vous assure que cela ne sert à rien de me faire visiter la maison dont je viens d'hériter.

— Quel est votre style, Mike ? demanda-t-elle à brûle-pourpoint.

— Un petit appartement, des livres, un vélo. Je ne possède pas grand-chose. J'ai toujours vécu sur des bases militaires, et déménagé de nombreuses fois.

— La maison est meublée, précisa-t-elle. Voilà, c'est ici.

Elle venait de s'arrêter devant une maison de style géorgien à trois étages. D'imposantes colonnades blanches soutenaient le toit rouge vif du porche frontal.

— Je vous présente la maison des Frates dont vous venez d'hériter, annonça Savannah en coupant le moteur.

Sur une impulsion, Mike se saisit de son poignet.

— Vous perdez votre temps, Savannah. Cette maison ne me fait absolument pas rêver.

— Vendez-la et achetez-en une autre qui corresponde davantage à vos rêves si ça vous chante. Toujours est-il qu'à partir de maintenant, c'est la vôtre ! Entrons.

Savannah se dégagea et descendit de la voiture. Mike l'imita non sans pousser un lourd soupir : la maison ne l'intéressait vraiment pas !

Mais visiblement Savannah refusait de comprendre.

Il se tenait à présent sous l'énorme chandelier du vestibule, regardant d'un œil sceptique l'escalier qui menait à l'étage et les guéridons de style ancien qui l'encadraient.

— Venez, dit-elle en lui prenant la main.

Encore une fois, ce contact lui fit tout oublier, et sans résister il la suivit à l'étage, sachant parfaitement où elle le conduisait.

Dans une chambre d'enfants remplie de jouets !

— J'en étais sûr, dit-il.

— Mike, c'est à cet environnement que vous allez arracher Jessie en faisant d'elle une pupille de l'Etat !

— Vous êtes une très bonne avocate, je suis convaincu que vous trouverez un moyen pour qu'elle reste dans cette maison.

— Le temps que j'élabore une solution, il sera trop tard, elle sera déjà placée dans une famille d'accueil. La bureaucratie est très lente.

— Désolée, mais ma réponse est toujours non.

Plongeant un regard furieux dans celui de Mike, Savannah éclata brusquement.

— C'est incroyable ce que vous pouvez être égoïste ! Dire que vous pouvez employer un bataillon de nourrices pour veiller sur le bébé !

— Eh, renouvelez-vous un peu ! Vous m'avez déjà servi cet argument. Encore une fois, à quoi bon l'adopter si c'est pour la confier à des nourrices ?

— Vous préférez qu'elle soit remise à des étrangers ?

— Pourquoi ne l'adoptez-vous pas vous-même ? Cela réglerait le problème. En outre, je suis surpris que son sort vous émeuve à ce point.

— Pourquoi ? Ai-je donc l'air si insensible ?

— Insensible ? reprit-il en faisant la moue. Hum, pas forcément. Je parierais même que vous pouvez vous montrer délicieusement sensible à vos heures. En revanche, vous êtes entêtée. Ça oui, positivement entêtée !

— Franchement, vous n'avez rien à m'envier en la matière, dit-elle, agressive.

— Peut-être. Mais il y a un domaine dans lequel je vous surpasse certainement : la curiosité, renchérit-il. Et, avant de reprendre l'avion pour Washington, je voudrais juste satisfaire cette curiosité.

A ces mots, il se dirigea fermement vers elle et, plantant son regard dans le sien, il étreignit sa nuque. Contrairement à ce à quoi il s'attendait, elle ne bougea pas, ne se débattit pas. Et dans son regard, il vit qu'ils partageaient le même genre de curiosité.

Stimulé, Mike effleura les lèvres de Savannah dans une invitation tout en douceur. Sa bouche était chaude. Lorsqu'elle s'entrouvrit, le souffle sucré de la jeune femme l'enivra et, tandis qu'il l'embrassait, les étincelles qui crépitaient entre eux s'embrasèrent.

D'un geste possessif, il enlaça sa taille et approfondit son baiser.

Au moment où leurs langues s'emmêlaient, un violent désir lui cingla les reins. Un feu intense, inattendu l'envahit. Savannah l'excitait terriblement, et la force de ce désir le surprit. Son cœur se mit à tambouriner violemment, son sang s'accéléra dans ses veines. Une envie irrépressible le saisit de libérer sa chevelure, de lui retirer ses vêtements un à un jusqu'à ce qu'il n'y ait plus rien entre eux…

Mais Savannah le repoussa doucement pour reprendre son souffle.

— J'annule mon vol si vous acceptez de dîner avec moi ce soir, déclara-t-il d'une voix rauque.

Ce disant, il eut conscience d'ouvrir la boîte de Pandore. Une partie de son être ne souhaitait pas annuler son vol pour Washington, tandis qu'une autre ne supportait pas l'idée de la quitter. En tout état de cause, il voyait déjà d'ici les ennuis s'amonceler à l'horizon.

— Mais pas un mot sur les bébés ! précisa-t-il.

A ces mots, le feu qui brillait dans les yeux bleus se métamorphosa instantanément en banquise.

— N'annulez rien du tout, et continuez à mener votre petite vie égoïste ! répondit-elle sèchement.

Décidément, il en avait assez de s'entendre traiter d'égoïste !

— Encore une fois, au lieu de me faire la leçon, pourquoi n'adoptez-vous pas vous-même cette enfant ?

— Je pourrais effectivement tenter d'obtenir sa garde, mais cela prendrait au moins deux ans, et rien ne garantit que j'obtienne gain de cause.

— Vous connaissiez bien John Frates et sa famille, je ne vois pas pourquoi on vous créerait des difficultés.

Savannah poussa un soupir.

— Je ne comprends toujours pas pourquoi John ne m'a pas désignée comme tutrice. J'aurais volontiers accepté ce rôle. Peut-être est-ce pour cette raison que j'insiste tant pour que vous vous en occupiez… J'aurais tellement aimé être à votre place.

Seriez-vous prête à tout pour la récupérer ? demanda-t-il brusquement.

— Assurément, répondit-elle, légèrement déstabilisée.

— Dans ces conditions, épousez-moi et j'accepte le legs. Vous pourrez alors vous occuper de Jessie !

— Ne soyez pas ridicule !

— Ce serait un mariage de convenance, le temps pour vous d'adopter Jessie, puis nous divorcerions.

— Cessez de plaisanter. L'adoption est un sujet bien trop sérieux pour qu'on le prenne à la légère.

Posant ses mains sur ses hanches, Mike déclara alors, diabolique :

— Vous voyez ? Vous non plus, vous ne saisissez pas la formidable opportunité qui se présente à vous de devenir la mère adoptive de Jessie.

— Cela n'a rien à voir avec Jessie ou mon envie de l'adopter !

— Nous pourrions cohabiter dans cette immense maison sans jamais nous croiser.

— Assez !

— O.K., maître. J'en conclus que pas plus que moi vous ne voulez endosser la responsabilité de tutrice. A présent, je crois que nous nous sommes tout dit. Je dois prendre mon avion.

Là-dessus, il tourna les talons et sortit de la pièce.

Savannah serra les poings.

Quel homme insupportable ! Elle aurait aimé le gifler... et ne voulait surtout plus penser au baiser qu'ils avaient échangé. D'ailleurs, elle refusait de repenser à lui dès qu'il se serait envolé pour Washington. Tout comme elle serrerait les dents pour ne pas pleurer la nuit en songeant à Jessie, en se souvenant des nuits effrayantes de sa propre enfance...

Elle redescendit l'escalier en proie à d'horribles pensées.

Pourquoi fallait-il que John ait choisi le colonel Remington plutôt qu'elle ? Lorsqu'elle avait découvert qu'il l'avait désigné comme tuteur, elle avait cru que les deux hommes étaient liés comme des frères. Or, de toute évidence, Mike n'était pas un intime du défunt, car celui-ci n'avait même pas prévu un refus de sa part. Seigneur ! Et dire qu'il allait réellement repartir et laisser l'enfant devenir une pupille de l'Etat !

« Epouse-le », souffla une petite voix.

Etait-il sérieux en lui faisant cette proposition de mariage ? Que se tramait-il dans sa maudite tête de séducteur ?

— Donnez-moi les clés, je vais conduire, dit-il quand elle arriva à sa hauteur.

— Non. Je ne vous confierai certes pas ma voiture, rétorqua-t-elle en lui lançant un regard farouche.

Elle était à la fois en colère et troublée, ce qui était extrêmement rageant.

Malgré sa résolution, elle repensa à leur baiser, et une sorte de vertige s'empara de son être. Un mariage de convenance avec Mike Remington s'apparenterait à un véritable combat. Contre lui et contre elle-même. Non, elle ne pouvait pas lier sa vie à celle de cet homme, même temporairement. C'était bien trop risqué.

Lorsqu'il lui ouvrit la portière pour qu'elle s'installe derrière le volant, elle frissonna en le frôlant et sentit son regard impénétrable s'attarder sur elle quelques secondes de trop. Il était assurément aussi arrogant que sexy !

Ils refirent le trajet en sens inverse dans le silence le plus total, chacun ruminant ses frustrations de son côté. Lorsqu'elle se gara devant le cabinet, son compagnon tourna vers elle des prunelles de braise.

— Désolé de ne pouvoir accepter ce rôle de tuteur. Néanmoins, je suis certain que vous allez trouver quelqu'un pour me remplacer.

— Epargnez-moi vos commentaires ! répondit-elle en soutenant son regard.

Des prunelles aussi noires que la tentation et le mystère, des prunelles qui cherchaient à l'envoûter et faisaient battre son cœur à tout rompre… Heureusement, elle se reprit et ajouta sur un ton plus professionnel :

— Je serai obligée de reprendre contact avec vous. Ce n'est pas tous les jours qu'un héritier refuse un million et demi de dollars. Je ne connais aucun précédent.

— Vous avez mon numéro de téléphone, maître. Ravi de vous avoir rencontrée.

— Soyez heureux ! lança-t-elle d'un ton sarcastique tandis qu'il ouvrait la portière pour sortir.

Combien de temps lui faudrait-il pour oublier Mike Remington ?

3.

Mike démarra en douceur, les yeux rivés au rétroviseur.

Il repensa à leur baiser torride, à l'ardeur qui émanait de la jeune femme. Nul doute qu'elle trouverait rapidement un autre tuteur à Jessie.

Pour sa part, il lui fallait regagner Washington et entrer dans ses nouvelles fonctions.

Et oublier Jessie, Stallion Pass... et Savannah.

A l'aéroport, il acheta des journaux et, le nez dans un quotidien, prit place dans la file d'attente des voyageurs en direction du sas d'embarquement.

— Mike !

A ce cri, il releva vivement la tête et virevolta sur ses talons.

— Mike, attendez !

Les yeux écarquillés, il vit Savannah se précipiter sur lui en faisant de grands gestes. Qu'avait-il donc oublié de si important ?

— Mike, j'ai réfléchi... J'accepte de me marier avec vous.

Incrédule, il fixa la jeune femme qui s'était arrêtée à quelques pas de lui, hors d'haleine. Avait-il bien entendu ? C'était la meilleure ! Pas une seconde il n'avait cru qu'elle prendrait sa proposition au sérieux.

— Vous n'avez plus toute votre tête, répliqua-t-il enfin en fronçant les sourcils.

« Michael Remington est attendu au bureau d'information », annonça-t-on au micro.

— Allez leur dire que vous annulez ! ordonna Savannah en tentant de reprendre sa respiration.

— Non. Vous aviez raison tout à l'heure, vous et moi ne pouvons pas nous marier.

— Ecoutez, j'ai bien réfléchi, reprit-elle.

Soudain, Mike prit conscience du flot de gens qui se mouvaient autour d'eux, poursuivant le cours normal de leur existence, tandis qu'une formidable perturbation était en train de secouer la sienne : Savannah se tenait devant lui, sérieuse et déterminée... et terriblement émouvante avec ses mèches folles qui s'échappaient de son chignon.

« Mike Remington est attendu au bureau d'information, Mike Remington, merci. »

Subitement, il se décida à faire front.

— Attendez-moi ici, je vais voir pourquoi on m'appelle.

— C'est moi qui ai demandé cette annonce, je craignais de ne pas vous retrouver.

Hochant la tête, il gagna le bureau d'information pour prévenir que la personne qui le recherchait l'avait trouvé et, dans la foulée, il annula son vol. Lorsqu'il se retourna, il vit Savannah qui l'attendait dans un angle du hall. Son visage était grave et tendu, elle paraissait en proie à l'incertitude. Tiens, tiens, voilà qui était nouveau chez elle.

— Allons nous asseoir dans un endroit où nous pourrons discuter tranquillement, dit-il en lui prenant le bras.

Ils s'installèrent dans le café qui donnait sur les pistes d'envol.

Mike commanda deux sodas. Il ne comprenait toujours pas ce qui lui arrivait. Il avait l'impression que le scénario de sa vie s'était brusquement accéléré sans qu'il puisse contrôler quoi que ce soit.

— Je n'arrive pas à croire que vous vouliez m'épouser. Vous savez, c'était davantage une provocation de ma part qu'une véritable proposition.

— Essaieriez-vous de vous rétracter ? demanda-t-elle.

— Non, je vous parle en toute sincérité. Et de votre côté, pourquoi avoir changé d'avis ?

— Parce que j'ai bien réfléchi à ce que je pouvais faire pour Jessie : je suis arrivée à la conclusion que la solution passait par ce mariage de raison avec vous. Naturellement, vous serez son tuteur officiel, mais dans les faits vous pourrez parfaitement renoncer à votre rôle, puisque je l'assumerai à votre place. En outre, vous deviendrez instantanément millionnaire… De mon côté, je ne demande rien, car je gagne suffisamment pour subvenir à mes besoins et à ceux de Jessie.

— Non, Savannah, vous et moi, ça ne fonctionnerait pas, protesta Mike, effrayé par sa détermination.

— Alors pourquoi avez-vous lancé des paroles en l'air ? lui reprocha-t-elle, des éclairs de colère dansant dans ses yeux.

— J'ai parlé sur une impulsion, tenta-t-il de se justifier.

— Dans ces conditions, trouvez une autre solution pour que Jessie ne devienne pas une pupille de l'Etat !

Ils se fixèrent pendant quelques secondes.

Il aurait dû se lever, lui dire que non, il ne l'épouserait pas au nom de Jessie, et aller réserver en vitesse une place sur le prochain vol pour Washington. Oui, il aurait dû fuir le Texas à toute vitesse. Et pourtant… il ne parvenait pas à rester insensible à son argumentation.

S'ils faisaient un mariage de raison ainsi qu'elle le suggérait, non seulement il n'aurait pas une enfant malheureuse sur la conscience, mais en outre il s'attirerait la sympathie de la belle avocate, ce qui était une perspective extrêmement tentante.

— Pourriez-vous adopter Jessie si nous étions mariés ?

— Nous devrions l'adopter tous les deux, comme un véritable couple, et une fois cette procédure effectuée, nous divorcerions et vous seriez de nouveau libre. Ne pouvez-vous donc consentir à ce petit sacrifice ?

Le ton condescendant de cette ultime question eut le don de le piquer au vif.

— Ecoutez, Savannah, répliqua-t-il vertement, j'en ai assez que vous sous-entendiez que je n'ai aucune éthique, sous prétexte que je refuse de devenir le tuteur d'une enfant que je ne connais même pas. Avouez tout de même que Frates m'a imposé une lourde responsabilité sans prendre soin de me consulter !

— J'en suis navrée pour vous.

— Vraiment ? fit-il en dardant sur elle un regard sceptique. Ecoutez, voilà ce que je vous propose, ajouta-t-il impulsivement après un court silence : nous nous donnons une nuit de réflexion et nous reparlons de notre éventuel mariage demain, d'accord ?

— Parfait ! répondit-elle en lui décochant un sourire dévastateur. Pourquoi ne dînerions-nous pas ensemble ce soir ? Venez chez moi à 19 heures.

— Je ne crois pas que ce soit possible ce soir, je dois trouver un nouvel hôtel et une voiture.

— Je peux vous héberger pour la nuit. Et vous conduire directement chez moi.

— Très bien, j'accepte, car je crois qu'il me sera difficile de trouver une chambre au pied levé. De la sorte, nous verrons bien si nous pouvons vivre sous le même toit...

— Allons-y ! décréta-t-elle, un sourire amusé aux lèvres.

*
* *

— Un steak grillé, cela vous convient-il pour le dîner ? questionna Savannah en vérifiant que son réfrigérateur contenait bien ce qu'elle annonçait.

— Parfait, répondit Mike en balayant la cuisine du regard.

Des placards de bois clair, des appareils électroménagers en inox, une table de verre : la cuisine semblait tout droit sortie d'un magazine de décoration et dénotait une aisance matérielle certaine.

— Venez, que je vous fasse visiter l'appartement, proposa Savannah. Là, c'est le salon où je passe le plus clair de mon temps.

Le plancher ciré brillait doucement. Un vaste écran de télévision trônait près de la cheminée. En face, un canapé d'angle en cuir beige invitait à la paresse. Effectivement, on avait envie de passer du temps dans une pièce comme celle-ci ! pensa-t-il.

— Et voici la salle à manger.

Outre le buffet bas et les tableaux qui couvraient les murs, la pièce était occupée par une table ovale entourée de chaises à haut dossier. Un immense lustre en cristal était suspendu au-dessus.

— Votre chambre est par ici, l'informa-t-elle en s'engageant dans un corridor.

— Vous avez un très bel appartement.

— Merci. Pourtant, j'ai toujours la sensation que ma véritable maison est à Stallion Pass. Là, c'est mon bureau, ajouta-t-elle.

La bibliothèque croulait sous les livres juridiques et le bureau était recouvert de dossiers. Un ordinateur portable était ouvert au milieu. Hum… Il doutait que Savannah passe autant de temps qu'elle le prétendait sur le canapé du salon.

— Vous coucherez ici, continua-t-elle en ouvrant une autre porte. C'est la chambre d'amis, il y a une salle de bains attenante. Installez-vous à votre aise.

— Et vous, où logez-vous ?

— Au bout du couloir.

Ils se regardèrent tous deux pendant quelques secondes, et Mike déclara brusquement :

— N'avez-vous pas l'impression de précipiter les choses ?

— La situation est grave et requiert que l'on agisse vite. Si je vous avais laissé prendre l'avion, j'aurais eu un mal fou à vous convaincre de revenir au Texas.

— Bien vu. Cependant, pour cette histoire de mariage…

— Eh bien quoi ? Je vous rappelle qu'il s'agirait d'un mariage sur le papier uniquement. Un papier vous ferait-il peur, colonel ?

— Vous semblez oublier que ce contrat va complètement modifier nos vies.

— Je vous rappelle que c'est vous qui m'avez mis cette idée en tête. Naturellement, vous ne vous attendiez pas à ce que je vous prenne au mot…

Leurs regards s'enchaînèrent et, malgré lui, il esquissa un pâle sourire. Elle le lui rendit au centuple.

— Rendez-vous dans une demi-heure dans la cuisine ! dit-elle gaiement en quittant la pièce.

Le timbre joyeux de sa voix et les étoiles qui scintillèrent dans ses yeux à cet instant le plongèrent dans la confusion. N'était-il pas en train de s'enfoncer dans un sacré traquenard ?

Il regarda sa montre. Il fallait qu'il passe quelques coups de téléphone à Washington avant qu'il ne soit trop tard là-bas. Quand rentrerait-il chez lui ? Bah, demain, probablement. Quelle que soit la décision qu'ils prendraient…

Epouser Savannah Clay.

La perspective était déroutante, surréaliste même. Il était venu au Texas en pensant empocher un petit héritage, retrouver de vieux amis et repartir tranquillement chez lui. Et voilà qu'il venait d'annuler son vol de retour pour suivre chez elle une femme qu'il connaissait depuis vingt-quatre heures à peine, en se demandant s'il n'allait pas l'épouser et devenir le tuteur du bébé d'un autre homme. Un véritable tremblement de terre !

Savannah avait évoqué un mariage de raison. Mouais ! La raison ne lui semblait absolument pas la pierre angulaire de leur éventuelle union. A vrai dire, elle lui inspirait tout sauf des pensées raisonnables !

Pourtant, il n'y avait pas le moindre danger qu'il tombe amoureux d'elle. O.K., elle était sexy, mais c'était une femme qui n'en faisait qu'à sa tête. D'emblée, il savait qu'ils ne pourraient pas s'entendre, elle et lui. Peut-être d'ailleurs parce qu'ils se ressemblaient trop : tous les deux étaient bien trop impulsifs, trop attachés à leur libre arbitre.

Assez médité ! Il avait juste besoin d'une bonne douche pour se remettre les idées en place.

Peine perdue ! constatait-il un quart d'heure plus tard en se séchant, incapable de détacher son esprit du problème : il n'arrivait toujours pas à comprendre ce qu'il faisait là. Pourquoi fallait-il que Savannah l'ait pris au sérieux ? Comment parviendrait-il à résister à cet ouragan en jupon ?

Il repensa à John Frates… Un homme charmant, mais dont il ne s'était jamais senti particulièrement proche. Et voilà qu'à cause de lui, sa vie risquait bien d'être à jamais bouleversée. Ah, la barbe ! Il ne souhaitait absolument pas s'attarder au Texas.

Avant d'entrer dans ses nouvelles fonctions, il avait décidé de prendre quelques vacances, car il avait sacrément besoin de se reposer. Mais ce n'était certainement pas en restant ici qu'il se relaxerait ! D'un autre côté, comment repartir avec sur la conscience la petite Jessie et l'anathème dont Savannah ne manquerait pas de le frapper ?

Au fond, ce mariage, ce n'était qu'un papier à signer... Un papier qui comblerait deux êtres. Après quoi, il pourrait regagner Washington et sa vraie vie.

Soudain, ses yeux s'arrêtèrent sur le réveil posé près du lit : il était grand temps de rejoindre Savannah.

Elle n'était ni dans la cuisine ni dans le salon, et l'appartement était des plus silencieux. Où se cachait-elle donc ?

Mike décida de s'installer dans un transat sur la terrasse pour profiter des derniers rayons du soleil en l'attendant. Soudain, il entendit la baie coulisser et bondit sur ses pieds.

Savannah venait de se matérialiser devant lui telle une incarnation du printemps texan. Elle portait un T-shirt rouge, un short en jean et des sandales. Quant à ses cheveux, elle les avait tressés en une longue natte. Pendant quelques instants, il demeura sans voix : on aurait dit qu'elle avait dix-sept ans... Et lui de retrouver sur-le-champ son âme de lycéen !

Décidément, sa prétendante possédait un corps de rêve, pensa-t-il en laissant glisser son regard sur ses longues jambes nues.

— Vous êtes ravissante, maître, lui dit-il d'un ton enjôleur.

— Merci, répondit-elle en souriant. Que puis-je vous offrir ? Une bière ?

— Volontiers.

Il eut tout loisir en la suivant dans la cuisine d'admirer sa démarche fluide, ses hanches souples, et, quand Savannah se pencha pour ouvrir le réfrigérateur, ses yeux restèrent scotchés sur le bas de ses reins. Il se délecta sans vergogne du spectacle sensuel qu'elle lui offrait, mais, lorsqu'elle se retourna en lui tendant une cannette, il eut la sensation désagréable de lire de l'ironie dans ses prunelles.

Saisissant prestement les steaks qu'elle tenait à la main, il décréta pour cacher sa gêne :

48

— Je m'en occupe !

Quelques minutes plus tard, après avoir allumé le barbecue et mis la viande sur le grill, il revint vers la cuisine où la jeune femme confectionnait une salade.

— Pourquoi tenez-vous absolument à adopter cette enfant, Savannah ? lui demanda-t-il à brûle-pourpoint.

Il perçut une tension chez elle. Aucun doute, il avait mis le doigt sur un sujet sensible.

— Je vous l'ai déjà dit, lui répondit-elle avec un bref coup d'œil : je ne veux pas que Jessie soit une pupille de l'Etat. Je connais John Frates depuis l'enfance, c'était un ami de mes frères.

— Je pense qu'il y a une autre raison, déclara-t-il fermement.

Elle soupira, puis répondit :

— Je suis surprise que vous m'ayez percée à jour. D'habitude, je parviens assez bien à cacher mes sentiments, personne n'arrive à savoir ce que je pense ou ce que je ressens. Quand je vous connaîtrai mieux, je vous en dirai peut-être davantage, c'est une longue histoire.

Tiens donc ! Elle avait donc, dans son passé, des raisons personnelles de vouloir adopter Jessie !

— Pourquoi John n'a-t-il pas désigné l'un de vos frères comme tuteur ?

— Je l'ignore… Peut-être parce qu'ils ont déjà tous des enfants. En toute sincérité, je ne comprends pas comment son choix a pu se porter sur vous.

— J'ai déjà évoqué avec vous l'affection particulière que développent les rescapés envers ceux qui les ont sauvés d'une situation extrême. Me confier la garde de sa fille en cas de décès s'inscrit dans cette logique mais, pour le coup, c'était un pari risqué !

Ils restèrent silencieux un instant, puis Savannah déclara subitement :

— J'ai trente ans et je ne sais pas si je me marierai un jour. En revanche, j'aimerais avoir un enfant, et Jessie a besoin d'une mère. Quoi de plus logique que je veuille l'adopter ?

— A trente ans, vous avez toute la vie devant vous, plaida-t-il.

— Je suis carriériste et, comme vous l'avez souligné vous-même, ajouta-t-elle dans un sourire, cela effraie les hommes. Je reconnais aussi que je ne suis pas toujours très souple.

— Ah, vous l'admettez enfin !

— Reconnaissez que vous n'êtes pas facile non plus.

— Dans mon métier, il faut savoir s'imposer.

— Quoi qu'il en soit, nous sommes tous les deux farouchement indépendants, n'est-ce pas ?

Oh ! Il savait parfaitement ce qu'elle voulait insinuer, à savoir qu'en l'épousant, il ne craignait rien. Hum... à voir !

— Je vais vérifier les steaks, annonça-t-il, préférant changer de sujet.

— Tenez, prenez ceci, nous mangerons dehors, dit-elle en lui tendant les assiettes, les couverts et la nappe.

Leurs mains se frôlèrent, et Mike sentit son corps réagir instantanément à ce contact. Etait-il donc dit que cette avocate aux airs d'adolescente allait signer sa perte ?

Alors qu'ils étaient en train de déguster leurs steaks grillés à point, Savannah demanda :

— Parlez-moi de votre carrière dans l'armée. Combien de personnes comme John avez-vous sauvées ? Vous est-il arrivé d'échouer ?

Mike baissa la tête, peu désireux de répondre.

Oui, il avait échoué une fois, et le décès de Colin Garrick lui resterait toujours sur la conscience. Ce dernier faisait d'ailleurs partie de l'équipe de sauvetage de John Frates. L'année suivante, lors d'une mission qui les avait conduits en Indonésie, Colin avait été pris dans une embuscade, et lui n'avait rien pu faire pour empêcher la tragédie. C'était en partie pour cette raison qu'il avait quitté l'armée : Colin était l'un de ses amis les plus chers, ils se connaissaient depuis l'enfance. Mais il ne souhaitait pas repenser à cela ce soir.

— Parlons d'autre chose, si vous le voulez bien, finit-il par répondre.

— Désolée… Et si nous revenions au sujet qui nous préoccupe ?

— Je croyais que nous ne devions pas en reparler avant une bonne nuit, rétorqua-t-il en fixant les doigts fins de Savannah. Mais après tout, à quoi bon attendre ? Bon… Si nous nous marions, il faudra que nous établissions un contrat de mariage. En tout état de cause, je refuse l'argent de John. D'ailleurs, si vous adoptez Jessie, il vous revient de plein droit.

— Je connais peu de gens qui renonceraient à une telle fortune, marmonna-t-elle.

— Je mène une vie simple, j'ai peu de besoins, expliqua-t-il. Et l'argent que j'ai économisé jusque-là me suffit largement pour mener l'existence que je désire. Je ne souhaite pas m'occuper de l'intendance d'un minipalais ni gérer une fortune colossale. L'argent n'est pas une de mes préoccupations principales. Et vous, est-ce que ça vous intéresse ?

— J'aime le confort et la sécurité, admit-elle.

— Vous les possédez déjà.

— Voyez-vous souvent votre famille ? demanda-t-elle sans épiloguer.

— A Noël et à Pâques. Et vous ?

— Tous mes proches habitent dans la région, aussi nous voyons-nous souvent. Mes parents possèdent des chevaux, et nous faisons beaucoup d'équitation ensemble.

— Tous vos frères et sœurs travaillent dans la région ?

— Oui. J'ai également douze nièces et neveux.

— Une véritable tribu ! observa-t-il en se demandant derechef quelle pouvait bien être la raison qui la poussait à adopter Jessie. Parlez-moi donc de votre associé ! Il est célibataire.

— Comment le savez-vous ?

— Il ne porte pas d'alliance.

— Quel fin observateur vous faites !

— Pourquoi ne sortez-vous pas ensemble ?

— Il vaut mieux ne pas mêler le cœur et les affaires, répondit-elle vertueusement. Nous sommes bons amis, cela suffit.

— Mais il n'y serait pas opposé, n'est-ce pas ?

— Peut-être…

Mike la regarda finir son assiette en déplorant une fois encore que ses cheveux ne soient pas détachés. Encore que c'était peut-être préférable, car comment résisterait-il à la tentation d'enfouir ses doigts dans sa superbe chevelure ?

Après la glace à la fraise, ils débarrassèrent la table et firent la vaisselle de concert.

Ils revinrent ensuite s'asseoir sur la terrasse pour goûter la douceur du soir, et Mike rapprocha sa chaise de celle de Savannah.

Le soleil disparaissait doucement à l'horizon.

Cela faisait une éternité qu'un homme n'était pas venu dans son appartement, pensa Savannah, terriblement troublée par la présence de Mike. Et aucun n'y avait jamais dormi… Incroyable ! Elle était encore plus tendue que le jour de sa première plaidoirie.

Elle avait dû faire un gros effort sur elle-même pour le rejoindre à l'aéroport, mais l'intérêt de Jessie passait avant tout. Néanmoins… Comment allait-elle annoncer la nouvelle à sa famille ? Si tant est que Mike accepte le mariage !

Au fond, elle connaissait à peine cet homme, mais il lui était familier depuis longtemps, tant John lui avait parlé de lui. Comment, mais comment avait-il pu se méprendre à ce point sur le colonel Michael Remington ?

Soudain, ce dernier brisa le silence et déclara d'un ton solennel, non sans avoir pris une large inspiration :

— Tout bien réfléchi, Savannah, même si ce n'est pas de gaieté de cœur, j'accepte ce mariage.

A cet instant, il croisa son regard… Un regard sublime et impénétrable.

Ressentait-elle de la joie, du soulagement ? Ou alors du dépit à l'idée de se marier dans des circonstances aussi peu romantiques ? Il éprouva la brusque envie de la prendre dans ses bras et de l'embrasser à en perdre le souffle.

Comme si elle lisait dans ses pensées, Savannah détourna les yeux en marmonnant un merci du bout des lèvres.

— Nous respecterons le protocole, mais nous ferons en sorte qu'il soit le plus sobre possible, dit-elle d'une petite voix.

— Si vous souhaitez inviter de la famille ou des amis, libre à vous, cela ne me gêne absolument pas. Je me plierai à votre volonté. En général, le futur époux n'est pas très impliqué dans l'organisation du mariage.

— Avec ma famille, vous allez être impliqué même si vous ne le voulez pas, prévint-elle. Encore, s'il ne s'agissait que d'eux ! Le problème, c'est que nous habitons Stallion Pass depuis toujours, et que nos amis et voisins ne comprendraient pas que nous ne les invitions pas.

— Vous envisagez donc un grand mariage ?

Savannah hocha lentement la tête, les yeux perdus dans le vide.

Sans prévenir, Mike se leva et se planta derrière sa chaise. Elle tourna la tête.

— Non, ne bougez surtout pas ! lui dit-il.

Ses doigts effleurèrent alors ses cheveux, et Savannah dut deviner son intention de défaire sa natte. Elle lui lança un regard amusé par-dessus son épaule.

— Ma tresse ne vous plaît pas ?

— Je préfère quand vos cheveux sont dénoués. Ils sont si beaux…

— Ravie d'apprendre qu'il y a au moins quelque chose qui vous plaît chez moi !

— Vous savez bien qu'il n'y a pas que cela ! J'ai apprécié votre baiser au point d'annuler mon vol pour Washington.

N'y tenant plus, il effleura sa nuque avec sa bouche et ajouta dans un murmure :

— J'aime tout chez toi : tes yeux, tes jambes, le grain de ta peau…

Savannah redouta un instant que le tambourinement de son cœur ne recouvre le son de la voix de Mike. Son souffle était si délicieusement chaud, ses lèvres si troublantes, et ce tutoiement… Elle avait brusquement une envie folle de se lever et de se blottir dans ses bras — une envie à laquelle elle ne résista pas.

Une fois pelotonnée tout contre lui, elle leva timidement la tête, et Mike en profita pour capturer sa bouche et lui donner un baiser passionné.

Mue par une impulsion, elle noua ses bras autour de sa nuque, en ayant la conscience très nette qu'elle s'aventurait sur un terrain miné. Mike Remington n'était pas un homme auquel elle devait s'attacher ! D'ailleurs, ne l'avait-il pas prévenue ? Il l'épousait dans l'intérêt de Jessie, et ensuite ils divorceraient.

Oh et puis zut ! Pourquoi repenser à tout ça maintenant ? Seul comptait à cet instant le baiser de Mike... Il la pressait de plus en plus ardemment contre lui. Seigneur ! Elle devait de toute urgence le repousser avant que la situation ne dégénère, bien qu'un même feu la consumât.

— Mike, finit-elle par dire en détachant sa bouche de la sienne, tu vas trop vite...

— J'ai tout de même le droit d'embrasser ma fiancée. Je te rappelle que je vais t'épouser, lui dit-il d'un ton taquin.

— Pour une raison précise, lui rappela-t-elle vivement. Il ne s'agira pas d'un véritable mariage, nous serons mari et femme uniquement sur le papier. N'attends rien d'autre de moi, Mike.

— Aurais-tu peur, Savannah ? demanda-t-il, amusé. Peur de t'abandonner un peu ? Ne t'inquiète pas, je sais que ce n'est pas un vrai mariage mais un contrat temporaire. Après quoi, chacun retrouvera sa vie. Mais entre-temps, pourquoi ne pas passer ensemble de bons moments ?

— Je crains que ce ne soit déplacé.

— Déplacé ? Ah, je comprends ! Il faudrait que nous ayons auparavant la phase de séduction, c'est cela ?

— Assez, Mike ! Soyons sérieux et parlons du contrat de mariage, que je puisse le rédiger le plus rapidement possible. Je te préviens, je ne veux pas de l'argent que John t'a légué.

— Partageons-le.

— Et la maison ?

— C'est la tienne.

— Non, tu ne peux pas renoncer si facilement à cette superbe demeure.

— Je te le répète, j'ai vu tant de guerres et de catastrophes que les biens matériels n'ont aucune importance pour moi.

— C'est une vision bien sage de la vie...

— Donc, tu gardes la maison et acceptes la moitié de l'héritage. Quant à la pension, rien ne change, n'est-ce pas ? Cet argent est exclusivement destiné à Jessie.

— Effectivement, murmura-t-elle, pensive, avant d'ajouter : nous pourrions peut-être nous marier à l'étranger et annoncer le mariage après coup.

— Peux-tu renoncer à la présence de tes parents à ton mariage, même si c'est un mariage factice ? demanda-t-il en jouant avec ses cheveux.

Les doigts de Mike lui procuraient de si délicieux frissons qu'elle n'arrivait pas à se concentrer sur la conversation… Allons, un effort ! Nul doute que ses parents tiendraient à assister à ce mariage, même si elle leur en précisait la véritable nature.

— Tu as raison, reconnut-elle en plongeant son regard dans le sien. Ma famille voudra être présente au mariage. Cela dit, nous pouvons le célébrer dans l'intimité et organiser une grande fête par la suite. Ou l'inverse, inviter tout le monde à la cérémonie et se contenter ensuite d'un vin d'honneur.

— C'est à toi d'en décider. Je serai là quel que soit le cas de figure que tu retiendras.

— Merci…

Ils se jaugèrent quelques secondes intensément, puis elle coupa court au feu qui menaçait de les embraser de nouveau.

— Je vais appeler mes parents pour leur annoncer la nouvelle.

— Entendu, dit-il d'un air amusé. Je vois que tu mènes l'affaire rondement. Finalement, cela a du bon d'être un homme dominé.

— Pas d'ironie, Mike. Si tu préfères te charger de l'organisation…

— Non, non, je t'en laisse l'entière responsabilité, l'interrompit-il en riant.

Facile ! pensa-t-elle en rentrant dans le salon.

Comme elle composait le numéro de ses parents, elle sentit de nouveau les doigts de Mike glisser dans ses cheveux.

Bientôt, la voix de sa mère retentit à l'autre bout du fil.

— Maman, déclara Savannah, j'ai une nouvelle à t'annoncer. Je m'apprête à passer un contrat...

A ces mots, elle croisa le regard mi-amusé mi-réprobateur de Mike. Elle poursuivit néanmoins :

— J'aimerais en discuter avec papa et toi... Non, non, Troy est toujours mon associé, cela n'a rien à voir avec le cabinet. En fait, il s'agit d'un contrat avec le... enfin, avec mon fiancé. Voilà, je vais me marier.

Assis tout près de Savannah, Mike entendit que les questions se bousculaient à l'autre bout du fil. Au bout d'un moment, recouvrant le combiné de la main, elle lui chuchota :

— Ils insistent pour que nous venions dès maintenant.

— Pas de problème, répondit-il d'un air assuré... non sans se demander pourquoi il se montrait, pour une fois, si docile.

4.

Une demi-heure plus tard, après avoir traversé Stallion Pass, ils prenaient une route sinueuse qui les conduisit à une imposante demeure entourée d'un immense parc. Une écurie et des dépendances se devinaient sous de grands pins.

Mike se sentait incapable de retenir le nom de toutes les personnes que Savannah lui présenta. Il parcourut du regard les murs tapissés de tableaux, les meubles peints de motifs floraux, les étagères débordant de livres, de photos et de trophées, les jouets épars sur les tapis. Un joyeux désordre !

Tout le monde parlait à la fois et lui décochait des regards curieux. Les enfants criaient, riaient et couraient en tous sens dans le salon où les adultes s'étaient rassemblés. Enfin, le père de Savannah parvint à faire sortir les enfants et, refermant la porte, se tourna vers sa fille.

— Savannah, tu ne peux pas épouser un inconnu, même pour les raisons que tu invoques, déclara Matt Clay, faisant fi de la présence de l'intéressé. Tu ne sais absolument rien de lui.

— Au contraire, je possède tout un dossier sur lui, se justifia Savannah. En outre, John lui faisait confiance au point de lui confier la garde de Jessie, ce qui est le meilleur gage de bonne moralité.

Mike assistait silencieux à l'échange familial dont il était le principal sujet tout en cherchant vainement une ressemblance entre la beauté blonde que représentait Savannah et son père, un brun aux yeux noirs.

— Mais enfin, tu ne peux pas sauver le monde entier, argua celui-ci. Il y a des millions d'enfants dans le cas de Jessie. Un tel sacrifice est inimaginable !

— Papa ! s'indigna Savannah. Comment peux-tu, *toi*, me tenir ce genre de propos ? Je veux m'occuper de Jessie et lui donner tout ce que *vous*, vous m'avez donné.

Ce disant, elle s'était tournée vers sa mère, qui répliqua d'une voix douce :

— C'était différent, Savannah.

Mike observa attentivement la mère de Savannah. Amy Clay ne possédait pas la beauté de sa fille. Elle avait les cheveux blond cendré, les yeux marron et des taches de rousseur, et elle était en outre bien plus petite. Le flot des protestations tourbillonnait autour de lui tandis que Savannah défendait vaillamment sa position.

— Souhaiteriez-vous que le bébé de John devienne une pupille de l'Etat ? demanda Savannah d'un ton de défi en fixant les membres de sa famille les uns après les autres.

— John aurait parfaitement pu désigner l'un de nous comme tuteur, observa Lucius. Or, il n'en a rien fait. Tant pis pour lui.

— John n'a plus rien à voir dans cette histoire, et c'est hélas Jessie qui va en pâtir. Ecoutez, je sais ce que je fais, je n'agis pas à la légère. En outre, Mike me donne la moitié de son héritage ainsi que la maison. Donc, financièrement, il n'y aura aucun problème.

A cet instant, Matt se mit à le fixer avec une animosité non dissimulée. De fait, l'hostilité de tous les hommes rassemblés dans la pièce était tangible. Néanmoins, cela n'inquiétait nullement Mike qui comprenait d'ailleurs parfaitement leur méfiance.

Ce qu'il se demandait, en revanche, c'était comment il s'était retrouvé dans cette situation que lui-même réprouvait au départ.

— Papa, plaida encore Savannah, je souhaite réellement adopter Jessie et tu ne pourras pas m'en dissuader. En outre, je te prierai d'être amical envers Mike, car c'est grâce à lui que je peux réaliser ce désir.

Un lourd silence s'abattit alors sur le salon tandis que, de nouveau, les regards convergeaient vers lui.

Dès qu'il eut hoché la tête pour indiquer qu'il était effectivement consentant, ce fut au tour des femmes de presser Savannah de questions au sujet de l'organisation concrète du mariage. Quelques minutes plus tard, elles quittaient toutes la pièce, y compris Savannah, afin d'examiner le calendrier et de fixer une date.

Dès qu'elles furent sorties, les frères de Savannah échangèrent une brève œillade.

— Je vais vous faire visiter les lieux, décréta Lucius d'un ton bourru à son adresse.

C'était un homme robuste à la peau tannée par le soleil du Texas. Son épaisse chevelure était si blonde qu'elle tirait vers le blanc. Mike le suivit à l'extérieur.

— Savannah semble résolue à vous épouser pour obtenir la garde de Jessie, mais elle ne vous connaît pas, n'est-ce pas ? s'enquit tout de go Lucius.

— Elle sait certainement plus de choses sur moi que l'inverse, répondit Mike qui, dès le départ, avait senti que les frères de Savannah étaient prêts à tout pour défendre les intérêts de leur sœur.

60

— Autant vous parler clairement, enchaîna Lucius. Mes frères et moi ne tolérerons pas que vous la rendiez malheureuse. Est-ce qu'on se comprend bien ?

— Tout à fait, répondit-il. Cependant, je pense que Savannah est suffisamment grande pour savoir ce qu'elle fait.

— Il n'empêche que je vous conseille de vous tenir à carreau avec elle, rétorqua froidement Lucius.

Imperceptiblement, la tension était montée entre eux.

— Ne vous faites pas de souci pour votre sœur, dit-il d'un ton apaisant, je n'ai pas l'intention de la faire souffrir. Au contraire, c'est elle qui se sert de moi pour arriver à ses fins.

— Elle mérite mieux que ça, fit Lucius en se rembrunissant.

— J'en conviens, mais si c'est ce qu'elle désire…

— Bon sang, comment pouvez-vous accepter ce simulacre de mariage ? s'énerva soudain Lucius. Qui plus est, vous lui octroyez la moitié de votre héritage et lui laissez la maison de John. Quel est votre intérêt dans cette histoire ? De nos jours, personne n'agit par altruisme. Que cherchez-vous exactement ?

Mike aspira une large bouffée d'air afin de garder son calme.

— Je n'attends rien du tout, si ce n'est d'être en paix avec moi-même. Savannah désire de tout son cœur devenir la mère de Jessie. Je veux bien l'épouser de façon temporaire pour qu'elle puisse légalement adopter l'enfant.

A cet instant, il reprit son souffle avant de poursuivre plus sèchement :

— Je ne me marie pas de gaieté de cœur, croyez-moi : j'ai ma propre vie et tiens à mon indépendance. Ce contrat de mariage contrarie plutôt mes projets. J'essaie juste de faire une bonne action, alors ne poussez pas le bouchon trop loin.

61

A ces mots, Lucius serra les poings. Avait-il l'intention de se bagarrer ? s'interrogea Mike, qui avait la désagréable sensation d'être devenu l'ennemi public numéro 1.

— Mike ! s'écria Savannah à cet instant en sortant de la maison.

Se précipitant vers eux, elle passa promptement son bras sous le sien, et sous le double effet de son parfum raffiné et de son corps tout chaud contre lui, il en oublia instantanément ses griefs contre Lucius — même s'il savait parfaitement que la manœuvre de Savannah, avant tout destinée à apaiser ce dernier, ne partait pas d'un élan spontané.

— Cesse d'importuner mon fiancé, Lucius, ordonna Savannah. J'imagine parfaitement les propos que tu as pu lui tenir. Viens, Mike, maman a préparé une délicieuse tarte aux pêches.

Et sans lui lâcher le bras, elle l'entraîna vers la maison, laissant Lucius ruminer son mécontentement.

— Je crois que tu es arrivée à point nommé pour éviter une bagarre, déclara Mike avec philosophie.

— Etant donné ton cursus, Lucius n'avait aucune chance en face de toi. C'est un cow-boy, pas un militaire entraîné.

— Je ne sous-estime jamais mes adversaires, et surtout pas les cow-boys, répondit-il. Je crois que ton père et tes frères aimeraient assez me pendre s'ils en avaient la possibilité. A leurs yeux, je suis un criminel.

— Allons, ils finiront par t'accepter, ils ont juste besoin d'un peu de temps. Inutile de te dire qu'en revanche, les femmes de la famille t'ont déjà adopté.

— Pas ta mère ! Elle aussi s'oppose à ce mariage, n'est-ce pas ?

62

— La perspective ne la remplit pas de joie, mais elle sait que je suis une personne responsable et elle m'apportera toujours son soutien.

— Les éléments masculins de la famille semblent être moins confiants et plus bagarreurs, observa-t-il avec ironie. J'espère tout de même que nous n'en viendrons pas aux mains.

— Mais non ! Ils se conformeront à ma volonté. Notre arrangement devra naturellement demeurer confidentiel : pour les amis et les membres plus éloignés de la famille, nous ferons comme si nous étions de vrais amoureux.

— Entendu, répondit-il. En ce qui concerne le groupe qui sera dans la confidence, outre mes parents et mes deux frères, je voudrais y ajouter Jonah et Boone. Comme ils figurent eux aussi dans le testament de John, ils ont le droit de savoir la vérité. Je souhaite aussi que la famille de Colin Garrick soit informée de la véritable nature de notre mariage.

— Aucune objection, répondit Savannah.

Le regard de Mike s'attarda alors sur elle.

Parviendraient-ils à convaincre le reste de la terre qu'ils étaient amoureux l'un de l'autre ? Il n'en était pas si sûr.

La cuisine fourmillait d'enfants qui passaient de genoux en genoux. Mike prit place entre deux sœurs de Savannah et on lui servit une énorme part de tarte recouverte de crème Chantilly. Toute la famille était rassemblée autour d'une immense table et la conversation était animée et ponctuée de rires, même si régulièrement Lucius ou l'un des autres frères le gratifiaient d'un regard noir.

Mike eut alors le temps de reconstituer mentalement les différents couples et leurs enfants. Lucius avait deux garçons blonds comme les blés, à son image. Helen, la sœur aînée de Savannah, une blonde aux cheveux courts et aux yeux marron, était pour sa part mère de trois garçonnets. Andy, qui ressemblait farouchement à son père, avait deux garçons et une fille. Jovita, qui venait juste après lui, se contentait d'un garçon et d'une fille. Elle était la seule rousse de la famille. Jacob n'avait encore qu'un bébé, tout comme Faith, qui était le portrait craché d'Amy. Nul doute qu'il aurait besoin de plusieurs visites pour retenir le nom de tous ces enfants — sans compter les beaux-frères et belles-sœurs.

Enfin, Savannah et lui prirent congé de tout ce petit monde.

— Donne-moi les clés, ordonna-t-il, je conduis.

A sa surprise, elle ne protesta pas. Il démarra en douceur, sous les yeux de la famille réunie au grand complet sur la terrasse pour leur dire au revoir.

— Ils te regardent comme un agneau qui va à l'abattoir, déclara-t-il désabusé.

— Ils s'habitueront à la situation.

— Et nous ?

— Nous aussi, bien sûr, répondit-elle d'un ton ferme. Tu as été parfait, Mike. Merci.

Ce disant, elle lui posa la main sur le genou.

Il s'efforça de continuer à respirer normalement. Bon sang ! Il était resté trop longtemps à l'étranger. Et, manifestement, trop longtemps sans femme : chaque sourire, chaque effleurement de Savannah avaient sur lui un effet disproportionné. Il recouvrit sa main de la sienne et lui jeta un regard en biais.

Un sourire éclaira alors le visage de Savannah.

— Tout ira pour le mieux, assura-t-elle en retirant sa main.

Mike la lui saisit de nouveau et la replaça sur son genou.

— J'aime sentir ta main sur moi, se justifia-t-il.

— Tu es quelqu'un de déroutant, Mike.

— Que devrais-je dire de toi ? Donc, conclut-il en sentant soudain son estomac se contracter, nous nous marions dans trois semaines.

— La date ne te convient pas ? interrogea-t-elle, inquiète.

— Si, si, je n'ai pas changé d'avis. Je m'envolerai dès demain pour Washington, ainsi tu auras le temps de tout organiser tranquillement.

— Tranquillement ? Ça va être une course contre la montre, oui ! Organiser un mariage en trois semaines, tu ne te rends pas compte de l'énergie que ça représente. Mais pour Jessie, je suis prête à relever tous les défis.

Quand ils arrivèrent chez elle, Savannah lui demanda :

— Veux-tu que nous reparlions du contrat de mariage autour d'un verre ?

— Nous nous sommes déjà mis d'accord sur le contrat, il me semble. En revanche, nous pouvons discuter un peu de nous deux, si tu le désires. Nous allons partager une maison, un enfant. Il est nécessaire que nous en sachions davantage l'un sur l'autre.

— En rencontrant ma famille, j'imagine que tu as appris d'un coup une quantité de choses sur moi. Et en ce qui concerne le contrat, le plus vite nous l'aurons rédigé, le mieux ce sera. A moins que tu ne songes à te rétracter...

— Naturellement, que j'y songe ! Mais je sais aussi que j'aurais du mal à m'accommoder avec ma conscience si je revenais sur ma décision. Sans compter que ta famille me tomberait dessus *manu militari*. Donc, je me résous à sacrifier un an de ma vie.

— Rassure-toi, rétorqua-t-elle avec froideur, cela ne te prendra pas un an de ton précieux temps. On enclenchera la procédure d'adoption juste après la cérémonie pour te libérer le plus vite possible. J'espère que vous n'en souffrirez pas trop.

— Nous ?

— Oui, vous ! Toi, ton moi et ton surmoi, puisqu'il n'y a que ton importante personne qui te préoccupe !

— Tu exagères ! Je me plie à tes désirs, et…

— Et je ne t'en suis pas reconnaissante ? l'interrompit-elle, cinglante. Oh, toutes mes excuses, et merci encore pour le sacrifice !

Dans son emportement, elle lui tourna le dos et se planta devant la baie vitrée.

Il la saisit alors brutalement par le bras et l'obligea à le regarder en face.

— Calme-toi, la prévint-il, ou je pars sur-le-champ et tu peux dire adieu à tes projets d'adoption !

Ils se fixèrent quelques instants, et Mike vit les joues de Savannah s'empourprer. Tous deux retenaient leur colère… Et pourtant il savait pertinemment que, s'il avait le souffle court, ce n'était pas uniquement parce qu'il était furieux contre elle, mais à cause de ces yeux bleus qui le troublaient terriblement, de cette bouche rouge comme une framboise mûre qu'il avait envie de goûter…

Savannah se dégagea enfin et proposa d'un ton plus tempéré :

— Allons sur la terrasse boire quelque chose de frais et rédiger une première ébauche de ce contrat.

Il était 2 heures du matin lorsqu'elle y mit le point final. Retenant un bâillement, Mike se leva de son fauteuil, désireux de se coucher enfin au bout de cette journée épuisante.

— Félicitations, Savannah ! Tu sais ce que tu veux.

— Merci à toi. Après tout, c'était ton idée de départ.

Difficile de nier que c'était lui qui avait eu cette idée géniale ! Et, pensa-t-il avec dérision, la petite peste ne manquait pas d'en profiter.

*
* *

Trois semaines plus tard, Mike, en smoking et les mains moites, plus stupéfait que jamais, s'apprêtait à assister à son propre mariage. Près de lui se tenait Jack, son frère aîné, qui faisait office de témoin.

Il ne parvenait toujours pas à croire que Savannah et lui allaient se marier.

Et pourtant… L'église était pleine à craquer d'invités sur leur trente et un !

Ses parents, son frère cadet Sam, ses amis Boone et Jonah, ainsi que les parents et le jeune frère de Colin avaient également fait le déplacement jusqu'au Texas. Tous connaissaient la raison qui le conduisait à nouer ce lien.

Finalement, il avait décidé de repousser son entrée à la CIA d'un an. En attendant, il allait ouvrir un cabinet de détective privé au Texas. Durant les trois semaines qui venaient de s'écouler, il avait fait de nombreux allers-retours entre San Antonio et Washington afin d'organiser sa nouvelle vie provisoire.

Deux jours avant le mariage, Savannah et lui étaient allés récupérer la petite Jessie chez l'assistante sociale et avaient rempli les formalités nécessaires. Durant quelques instants, on lui avait mis l'enfant endormie dans les bras. Il l'avait observée avec attention, à la fois effrayé et fasciné. Ses cheveux bouclés, sa peau douce et rose, ses petites mains… Et pour la première fois depuis le début de cette étrange aventure, il avait compris qu'il avait eu raison d'agir selon la volonté de Savannah.

S'il ne se sentait absolument pas capable d'élever seul Jessie, son sort l'aurait en revanche hanté toute sa vie. Alors que là, non seulement il faisait plaisir à Savannah mais il soulageait sa conscience. Cela valait bien le coup de modifier provisoirement ses projets ! Dans un an, il reviendrait à Washington, intégrerait la CIA, et son existence retrouverait son cours normal.

Lorsqu'il avait relevé les yeux, il s'était heurté au regard songeur de Savannah.

Sans mot dire, elle lui avait pris l'enfant des bras pour la mettre dans son couffin. Il avait installé celui-ci dans la Sedan quatre portes récemment acquise, et ils étaient tous trois revenus chez les parents de Savannah.

C'est dans ce même couffin que Jessie assisterait à la cérémonie de mariage, couvée des yeux par Amy Clay qui montrait pour l'enfant un engouement aussi grand que sa fille. D'ailleurs, toute la famille avait été conquise par Jessie, songea-t-il. Quant à lui, il n'y connaissait rien aux enfants, mais quelle importance ? Savannah s'occupait de tout.

L'orgue et les violons résonnèrent pour saluer l'entrée de la future mariée.

Il la regarda s'avancer dans l'allée… et en oublia tout !

Savannah était une jolie femme, mais ce jour-là elle irradiait d'une beauté toute particulière.

Dans le corset blanc qui révélait sa taille et sa poitrine, elle rayonnait littéralement. Ses cheveux blonds étaient savamment retenus sur le haut de sa tête par un voile qui retombait délicatement autour d'elle. Quel que soit l'avenir, il n'oublierait jamais cette apparition.

Elle était la plus belle femme qu'il ait jamais connue, et s'il avait été un véritable mari, il n'aurait pu rêver épouse plus ravissante.

Furtivement, il repensa à la folie qu'elle était en train de commettre. Pourquoi n'avait-elle pas attendu de rencontrer le véritable amour pour se marier ?

Mais son cœur se mit à tambouriner violemment sous sa chemise lorsqu'il croisa son regard bleu vif, car ce regard exprimait la joie la plus totale. Pas l'ombre d'une hésitation ou d'un regret sur ce visage limpide ! Un sourire triomphant relevait de façon incroyablement sexy les commissures de sa bouche…

68

Soudain, il s'avisa qu'elle tenait d'une main son bouquet de mariée — de superbes orchidées —, et de l'autre deux roses blanches. Curieux, pensa-t-il.

Mais il comprit pourquoi en la voyant remettre une rose à Amy et l'autre à sa propre mère, laquelle déposa un bref baiser sur la joue que lui tendait la mariée.

Il connaissait les sentiments mitigés que ce simili mariage inspirait à sa mère. Savannah aussi.

Cherchait-elle à conquérir celle qui serait désormais sa belle-mère ?

Lorsque la mariée fut à quelques centimètres de lui, il réalisa qu'il la désirait avec une intensité presque douloureuse.

Matt Clay plaça alors la main de sa fille dans la sienne. Savannah leva vers lui un regard brillant… et, l'espace de quelques secondes, il ne sut plus où commençait la réalité et où finissait la fiction.

En prononçant ses vœux, il se demanda de nouveau pourquoi il avait accepté de se prêter à ce jeu. Allons, cette union n'était que temporaire, se répétait-il patiemment alors que le prêtre évoquait des liens éternels.

Que pouvait bien en penser Savannah de son côté ? Etant donné le bonheur qu'irradiait sa personne, il arrivait difficilement à croire qu'elle y mettait les mêmes restrictions que lui !

Savannah prononça ses vœux avec conviction, sachant qu'ils n'étaient pas sincères, mais ayant à l'esprit tous les avantages que cette union allait apporter à la petite Jessie.

Soudain, elle regarda Mike et le trouva étrangement pâle. Son front soucieux indiquait clairement qu'il aurait préféré se trouver à des milliers de kilomètres de là.

Et pourtant, qu'il était beau dans ce costume sombre !

Une excitation imprévue s'empara d'elle.

— Vous pouvez embrasser la mariée, déclara le prêtre.

L'enlaçant par la taille, Mike déposa un baiser sur ses lèvres. Un baiser qui la fit frissonner de la tête aux pieds. Cependant, lorsqu'elle croisa le regard du jeune marié, elle n'eut aucun doute sur ce qu'il pensait de tout ce simulacre. Oh, et puis zut ! Les états d'âme de Mike Remington n'allaient pas gâter sa joie de devenir la maman de Jessie.

Elle avait accepté que ses parents louent les services d'un photographe pour immortaliser cette journée. Car, s'il était entendu qu'après l'adoption Mike et elle divorceraient, celui-ci n'en demeurerait pas moins le père légal de Jessie ! Aussi souhaitait-elle conserver des photos de ce mariage pour les montrer à son enfant quand elle serait grande.

Son enfant... Quels mots magiques ! Si ce faux mariage était le prix à payer, qu'à cela ne tienne, elle l'assumait entièrement !

Dans la limousine qui les ramenait à Stallion Pass — ou plus exactement au Country Club de la ville où un buffet attendait les invités —, Mike murmura :

— Voilà, tu as eu ce que tu voulais, Savannah, nous sommes légalement mari et femme.

— Merci, Mike, dit-elle en pressant sa main dans la sienne. Sincèrement, merci.

— Allons, cela ne m'a pas coûté tant que ça en définitive, déclara-t-il en nuançant ce propos d'un sourire. Qui sait ? Peut-être que ce job de détective me plaira davantage que la CIA ? En revanche, je ne sais pas si mon activité sera très florissante à Stallion Pass. Qu'en dis-tu ? Je ne pense pas qu'il y ait beaucoup de criminalité dans la région. Ce n'est pas Washington !

Savannah se mit à rire, excitée par la présence de ce bel homme en smoking à côté d'elle.

— Pourquoi avoir remis ces roses à nos mères ? enchaîna-t-il en la regardant. Je te rappelle qu'il s'agit d'un mariage de convenance. N'était-ce pas forcer un peu la note ?

— Pour moi, ce mariage est très important. Grâce à toi, je vais pouvoir adopter Jessie, et je t'en suis infiniment reconnaissante. Je le suis donc aussi envers ta famille. J'ai d'ailleurs précisé à ta mère qu'elle pouvait considérer Jessie comme sa petite-fille, et je crois qu'elle était très heureuse, étant donné qu'elle n'a pas encore de petits-enfants.

— Assez, Savannah ! Tu aurais dû attendre de rencontrer un homme qui t'aime et te fasse tous les enfants que tu veux !

— Mais je suis heureuse, assura-t-elle d'un air buté. J'ai ce que je veux.

— J'espère que tu ne t'en mordras pas les doigts, et que Jessie sera la fille que tu espères.

— Cesse d'essayer de me casser le moral ! Je veux profiter de cette belle journée, déclara-t-elle en retirant sa main de la sienne.

Mike se contenta de pousser un soupir et tourna la tête vers la vitre.

Lorsqu'ils descendirent de la limousine, il lui reprit la main et donna le change en affichant un grand sourire devant les invités déjà nombreux.

Dans la salle où se tenait le buffet, les tables dressées contre le mur abondaient en mets fort alléchants : poisson fumé, rôtis, salades, sans oublier un impressionnant gâteau à cinq étages. Dans la salle de bal attenante, le parquet brillait de tous ses feux sous un immense lustre en cristal, et un orchestre entonnait un air entraînant. Des serveurs s'agitaient en tout sens pour servir le champagne et présenter des petits-fours tout chauds.

— Je suis surpris que ton père donne une telle réception, murmura-t-il à l'oreille de Savannah. Je pense qu'il n'hésiterait pas un seul instant à me tordre le coup s'il avait la certitude que cela ne te ferait pas trop de peine.

— Mon père m'aime énormément, répondit-elle tout bas. D'où ce faste. Les sentiments qu'il nourrit pour toi n'ont nullement pesé dans ses décisions concernant ce mariage.

— Très honoré, commenta-t-il avec dérision.

A cet instant, des amis de Savannah vinrent la féliciter, et les invités affluèrent de toute part pour embrasser la mariée. Parmi eux, Mike reconnut un visage familier : Troy Slocum, l'associé de Savannah.

Un curieux pressentiment s'empara alors de lui. L'avocat ne paraissait guère se réjouir de leur mariage : son regard était glacial en dépit du sourire qu'il affichait.

— Félicitations, Mike, dit-il sur un ton manquant de sincérité. Je vous souhaite beaucoup de bonheur, à vous et Savannah.

— Merci, monsieur Slocum.

— Pas de cérémonie entre nous, appelez-moi Troy ! Vous avez une femme merveilleuse.

Comme un autre invité s'approchait pour le féliciter, Slocum s'éloigna. Les hôtes continuèrent de défiler sans que Mike soit certain de retenir tous les noms de ceux qui « partageaient son bonheur en ce jour exceptionnel ». Mais quelle importance ?

La nourriture était délicieuse, et le champagne coulait à flots.

Lorsque l'orchestre entama la première valse, il se prêta au jeu et, enlevant sa nouvelle épousée à ses amis, il l'entraîna sur la piste.

Quand il la tint tout contre lui, il baissa les yeux sur elle...

Elle avait retiré son voile, et les boucles de ses cheveux cascadaient sur ses épaules nues. Un spectacle délectable.

— Je ne te l'ai pas encore dit, mais tu es ravissante, Savannah.

Ses yeux pétillèrent fugitivement, mais son expression resta impassible.

— Merci, répondit-elle. Toi aussi, tu es très beau aujourd'hui.

— Pas de regret ?

— Pourquoi en aurais-je ? Un mariage de raison est toujours mûrement réfléchi.

— Je me demande encore comment tu as pu me convaincre, dit-il d'une voix rauque, sans détacher les yeux des siens.

Seigneur, qu'il sentait bon ! Et qu'il était agréable d'être dans ses bras ! pensa Savannah avant de se demander si elle n'avait pas trop bu de champagne... Subitement, elle déclara :

— Je suis extrêmement heureuse, Mike. Et tous mes amis pensent que nous sommes follement amoureux.

— Il y a parfois des étincelles entre nous, je suppose que cela donne le change.

— Oui, quelques petites explosions de dynamite ! fit-elle en riant.

— Non, je ne parlais pas de cela, reprit-il doucement en la serrant plus étroitement contre lui. J'entends ton cœur battre plus fort, là, à l'instant...

— C'est à cause du champagne et de la fête, assura-t-elle alors d'un air fripon.

— Ne joue pas avec le feu, Savannah, lui murmura-t-il à l'oreille. Tu es aussi excitée que moi, et ça n'a rien à voir avec le champagne et la fête. Je te le démontrerai tout à l'heure, quand nous serons seuls tous les deux.

Elle laissa perler un petit rire. Comme il était plaisant de flirter avec lui ! Dangereux, aussi...

— Ne me serre pas si fort ! ordonna-t-elle. Restons corrects, tout de même.

— Je me conduis tout à fait correctement. Et qui sait ? Peut-être parviendrai-je à éteindre la lueur meurtrière qui brille dans les yeux de tes frères, s'ils pensent qu'il existe une petite chance que nous tombions amoureux.

— Ah, voilà pourquoi tu m'étreins de cette façon !

— Non, Savannah, ce n'est pas à cause de tes frères, déclarat-il gravement, mais parce que je brûle d'envie de t'embrasser... Néanmoins, j'attendrai d'être dans l'intimité.

Comme son pouls s'accélérait terriblement, elle lui rappela — et *se* rappela — à voix haute :

— Il s'agit d'un mariage de raison, Mike, entre deux personnes qui se connaissent à peine.

— Mais il se trouve que j'ai très envie de connaître une certaine blonde aux jambes divines qui est devenue ma femme !

— Arrête !

— Je suis très heureux que tes parents gardent Jessie pendant que nous serons à La Nouvelle-Orléans, tu sais, chuchota-t-il d'une voix langoureuse. Nous pourrons ainsi profiter vraiment l'un de l'autre durant notre lune de miel.

— Je t'en prie, Mike, ne cherche pas à me séduire.

— Pourquoi ?

— Je ne veux pas m'éprendre d'un homme qui va sortir de ma vie dès que les formalités d'adoption seront réglées.

— Allons, Savannah, ne prends pas les choses au tragique ! Tu as déjà eu des aventures et tu as survécu. Faisons en sorte de passer de bons moments ensemble.

Non ! pensa-t-elle, troublée et grisée à la fois. Pas question que ce séducteur lui tourne la tête !

— Je suis sûre que tu as un passé de briseur de cœurs, dit-elle d'un air détaché.

— Je suis certain qu'il y a aussi des cœurs brisés à cause de toi. Oublions nos passés respectifs, Savannah. Laisse-toi aller...

Il la fixa d'un regard si brûlant qu'elle se sentit rougir.

74

— La prochaine danse, je l'ai promise à mon père. Invite ta mère, lui enjoignit-elle précipitamment alors que la musique s'arrêtait.

— Ne crois pas t'en tirer si facilement, ma douce. La Nouvelle-Orléans nous attend.

Elle se força à rire et se dirigea vers son père.

Quelques minutes plus tard, ce dernier déclarait, intrigué :

— Tu paraissais plutôt heureuse dans les bras de Mike.

— Je l'étais, papa. Mike est très sympathique, et mon vœu le plus cher s'est réalisé.

— J'espère qu'il ne te rendra pas malheureuse par la suite ! Mais qui sait ? Peut-être tomberez-vous amoureux l'un de l'autre, après tout.

— Qui sait ? répondit-elle en souriant, pour lui faire plaisir.

— Mais s'il te cause le moindre souci, préviens-moi.

— Allons, papa, Mike n'est pas un monstre !

— Non, mais ce n'est pas non plus un enfant de chœur, cela se voit.

— Cesse de te tracasser inutilement. Je suis *très* heureuse…

Il était vrai que la situation était loin d'être optimale, mais elle avait ce qu'elle voulait, et c'était le principal.

Quelques heures plus tard, elle troquait sa robe de mariée contre un tailleur. Puis, sous le regard des invités qui applaudissaient et agitaient les mains en guise d'au revoir, Mike et elle s'engouffrèrent dans la limousine, en direction de l'aéroport.

5.

Ils avaient réservé une suite et une chambre attenante dans un élégant hôtel situé le long de Riverwalk. Tandis que Mike remettait un confortable pourboire au groom, Savannah se précipita vers la large baie qui donnait sur le Mississippi : le soleil couchant projetait ses langues de feu sur le ruban noir du fleuve.

— Je vais changer de costume, annonça Mike dès qu'ils se retrouvèrent seuls. Je serai prêt dans dix minutes et nous sortirons dîner. J'ai déjà réservé dans un restaurant du quartier français.

Là-dessus, il s'empara de sa valise et regagna sa chambre.

Savannah resta pensive, les yeux fixés sur la porte qu'il avait refermée, avant de se mettre à se changer elle aussi. Elle choisit fébrilement une robe noire décolletée, puis une chemise de soie rouge transparente qu'elle enfila sans la boutonner, et elle se remaquilla à toute vitesse.

Quelques minutes plus tard, Mike frappait à sa porte en costume beige et chemise claire. Il laissa courir un regard appréciateur sur elle.

— Tu es plus belle que jamais, déclara-t-il enfin. Et… je suis heureux que tu n'aies pas rattaché tes cheveux.

Elle lui adressa un sourire radieux. Bras dessus bras dessous, ils s'acheminèrent vers le quartier français.

L'air frais du soir jouait dans ses cheveux, tout comme la main de Mike négligemment posée sur son épaule. Le son des saxophones qui s'élevait aux quatre coins de la ville, allié à la présence à ses côtés de cet inconnu qui était son mari, réveillait malgré elle la sensualité de Savannah.

Au restaurant, on les installa près d'une fenêtre, à une table ronde couverte d'une nappe d'un blanc éclatant. Le serveur s'enquit de ce qu'ils désiraient puis s'éloigna prestement pour passer leur commande.

— Je n'arrive toujours pas à réaliser ce qui nous arrive, soupira Savannah en baissant les yeux, tout en observant que, quelle que soit sa tenue, Mike avait toujours autant de distinction.

— Et pourtant c'est officiel, Savannah. Nous sommes mariés, des dizaines de personnes peuvent en témoigner !

— Officiel, mais provisoire, précisa-t-elle.

— Tu as eu ce que tu voulais et, de fait, je suis heureux de pouvoir désormais sortir avec toi, d'avoir le droit de t'emmener au restaurant, par exemple.

— Le droit ? Ne sois pas si sûr de toi.

— Que veux-tu dire exactement ? interrogea-t-il.

A cet instant, le serveur déposa deux verres de punch sur la table, et Savannah attendit qu'il fût reparti pour répondre :

— Que l'on ne sait jamais ce qui peut arriver, et qu'à trop jouer on pourrait se prendre au jeu.

— Tomber amoureux, c'est cela ? Bah, nous verrons bien, déclara-t-il, insouciant. En attendant, je lève mon verre à notre partenariat.

Leurs verres s'entrechoquèrent, puis Savannah avala une gorgée, les yeux rivés sur le visage de Mike.

— La bague que tu m'as offerte est très belle, murmura-t-elle en reposant son verre.

Elle contempla un instant son alliance qui brillait doucement sous les lumières tamisées du restaurant. Les doigts bronzés de Mike se refermèrent alors autour des siens.

— La main qui la porte est très belle aussi, dit-il tandis que, du pouce, il caressait son poignet.

Soudain, elle se sentit plus proche de lui qu'elle ne l'avait jamais été. Effleurant à son tour une cicatrice qu'il avait sur le pouce, elle demanda :

— Qu'est-ce que c'est ?

— Ça ? Oh, j'ai été attaqué à l'arme blanche à Manille, répondit-il avec nonchalance.

Elle frissonna. Elle préférait ne pas imaginer la vie qu'il avait menée auparavant !

— Tu as eu raison de quitter l'armée. Penses-tu que ça va te manquer ?

Mike plissa les yeux, et Savannah comprit qu'elle abordait un sujet délicat. Pourtant, il répondit :

— Non, je ne regrette pas mon choix. La vie civile a du bon : j'ai désormais une épouse et une nouvelle affaire.

— Pas une véritable épouse, précisa-t-elle doucement.

— Mais une véritable femme, que j'ai très envie de connaître ! Je veux savoir ce qui se cache derrière cette façade si calme.

Elle se contenta de sourire, mais Mike poursuivit :

— Heureusement que ta suite et ma chambre sont attenantes.

— Non, Mike, s'écria-t-elle. Tu es trop dangereux, je dois me protéger. Je te sais gré de ce que tu as fait, mais je ne pousserai pas la gratitude jusqu'à te donner mon corps ou mon âme.

— Je le prends comme un défi, répliqua-t-il, un sourire malicieux aux lèvres.

Là-dessus, il porta la main de Savannah à ses lèvres et déposa un baiser sur sa paume. Un baiser qu'il fit perdurer en dardant sur elle un regard provocant.

Elle se sentit immédiatement attirée dans les profondeurs de ses prunelles, et il devina son trouble.

— Tu sais très bien que je réagis dès que tu me touches, protesta-t-elle, alors c'est inutile que j'essaye de te le cacher... Cependant, cela ne change rien à ma décision.

— C'est précisément ce qui te rend irrésistible, murmura-t-il.

Le serveur leur apporta les entrées et, à la vue du feuilleté de saumon accompagné d'épinards à la crème, Savannah retrouva instantanément son optimisme.

Il était encore tôt lorsqu'ils rentrèrent à l'hôtel.

— J'ai commandé du champagne, annonça Mike. Acceptes-tu de partager une dernière coupe avec moi avant que je ne regagne mes appartements ?

— Entendu, dit-elle en soupirant. Même si nous ne devrions pas...

— Pourquoi ? Je ne représente tout de même pas une menace pour toi !

Savannah ouvrit la porte de la suite, puis s'effaça pour le laisser passer afin de le contempler à loisir. Il se mouvait avec souplesse et puissance, continûment conscient de ce qui l'entourait. Tout à l'heure au restaurant, tandis qu'il se montrait si charmant et attentif à son égard, elle savait qu'il n'en percevait pas moins les faits et gestes de leur entourage et qu'il aurait pu décrire précisément toutes les personnes qui étaient dans la salle.

Ayant allumé une lampe basse, Mike tira les tentures de sorte que, du sofa, ils puissent jouir de la vue sur le Mississippi et les lumières de la ville qui s'y reflétaient. Savannah restait debout, absorbée par la contemplation du paysage. Lorsque, se retournant elle croisa le regard de Mike, elle le trouva plus fascinant encore.

Il ouvrit avec maestria la bouteille de champagne, et l'alcool doré pétilla bientôt dans les coupes. Il lui en tendit une.

— Aux projets de mon épouse.

— Merci, Mike. A tes projets aussi.

— J'espère que tout se passera comme tu le souhaites, pour Jessie.

— Je croise les doigts. J'enclenche dès mon retour au Texas la procédure d'adoption. C'est parfois très long…

— Tu as raison. Et maintenant, je t'en prie, installe-toi et savoure ton champagne devant le Mississippi.

Pour sa part, il retira sa cravate et sa veste avant de s'enfoncer dans les coussins. Savannah l'observait à la dérobée. Mon Dieu, arriverait-elle à garder toute sa tête en présence d'un homme aussi sexy ?

Il intercepta son regard, et Savannah, non sans rougir, détourna vivement la tête pour se mettre à fixer le Mississippi, consciente de ses yeux à présent fixés sur elle.

Vite, trouver un sujet de conversation !

— Heureusement que j'ai trouvé cette nourrice pour Jessie. J'ai tellement de travail en ce moment que je ne peux me permettre de manquer au bureau.

— As-tu des dossiers particulièrement difficiles à gérer ?

— Oui, un contentieux entre une société de forage et une compagnie pétrolière. Nous représentons les intérêts de la compagnie pétrolière qui se retrouve sur le banc des accusés.

Elle avait beau ne pas vouloir y penser, il était difficile de faire abstraction des yeux fiévreux de Mike attachés à ses lèvres. Soudain, elle sentit ses doigts caressants sur ses cheveux. Des doigts qui glissèrent ensuite vers sa nuque. Elle frissonna.

— Tu te souviens de ce que je t'ai dit lorsque nous dansions ? A propos de ton pouls qui battait plus vite quand nous étions près l'un de l'autre ?

Posant un doigt à la naissance du cou de Savannah, il ajouta :

— Là, il bat à cent à l'heure.

— Et le tien ? demanda-t-elle alors, imitant timidement le geste de Mike.

— Le mien a battu tous les records à ton entrée dans l'église, ce matin. Tu étais la plus belle de toutes les mariées, Savannah, dit-il d'une voix rauque.

Ce disant, il se pencha pour lui baiser le lobe de l'oreille.

Ses paroles séductrices ajoutaient au sortilège qu'il exerçait sur elle. Elle se sentait pieds et poings liés, entraînée dans un courant qu'elle ne maîtrisait pas.

— Viens, dit-il en lui prenant la main et en se levant.

Une fois qu'ils furent debout, il la serra très fort contre lui et murmura :

— Je rêvais de faire ceci depuis ce matin.

Là-dessus, il captura sa bouche.

Le contact fut foudroyant. Aucun homme ne lui avait procuré de si exquises sensations, aucun baiser ne l'avait enflammée à ce point… Mue par un désir incontrôlable, elle enfouit ses doigts dans ses cheveux et l'embrassa à son tour à pleine bouche.

Lorsque la main de Mike s'égara au bas de ses reins, elle comprit que leur désir n'avait plus de limite. Elle désirait cet homme de tout son corps. Instinctivement, elle déboutonna sa chemise et, lorsqu'elle posa ses mains sur son torse, elle manqua chanceler…

De son côté, sans cesser de la caresser, Mike avait fait coulisser la fermeture à glissière de sa robe, qui tomba à ses pieds dans un soupir discret.

Il recula alors d'un pas pour admirer sa silhouette, et le feu qu'elle lut dans son regard attisa instantanément le sien. Puis il se rapprocha et dégrafa d'un geste son soutien-gorge.

Un petit cri lui échappa.

— Tu es si belle, Savannah, murmura-t-il.

Ses mains recouvrirent alors ses seins, et ses pouces se mirent à tracer des cercles langoureux. Puis, saisissant un de ses seins dans sa bouche, il se mit à le tourmenter amoureusement.

— Mike, dit-elle, haletante.

C'était à devenir folle !

Poussant un grognement, il abandonna son sein pour reprendre possession de sa bouche et lui administrer un baiser torride qui ne laissait aucun doute sur ses intentions. Serrée contre lui, elle mesura la force de son désir viril...

Mon Dieu ! Tout cela devenait par trop dangereux ! Elle le désirait tellement, leurs baisers lui donnaient des vertiges, son sang battait follement à ses tempes... Il était urgent de mettre un terme à cette étreinte. Mike allait trop loin, trop vite.

Dans un sursaut de raison, elle se ressaisit.

— Mike, dit-elle en le repoussant. Je t'en prie...

A cet instant, il releva la tête et lui lança un regard dévastateur, tout en glissant lentement ses doigts dans la vallée de ses seins.

Des ondes de plaisir lui traversèrent le corps.

— Non ! insista-t-elle. On ne peut pas aller si loin.

— Pourquoi ? Nous sommes mariés, après tout !

— Pas vraiment, et tu le sais parfaitement ! répliqua-t-elle en colère.

En colère contre Mike, qui faisait preuve d'une telle mauvaise foi, et contre elle, qui n'avait pas su se dominer...

— Je ne suis pas prête pour ce que tu envisages, haleta-t-elle tout en rentrant rageusement dans sa robe. Nous avons passé un contrat, c'est *tout* !

— Non, ce n'est pas tout, répondit-il tranquillement en l'aidant à remonter sa fermeture Eclair. Tu as répondu à mes avances, Savannah, tu me désires autant que moi je te désire.

— Peut-être, mais il n'empêche que nous devons garder la tête froide. Comme tu l'as fait remarquer, ce soir, c'était la première fois que nous sortions ensemble. Or, je n'ai pas pour habitude de coucher avec un homme qui m'invite pour la *première fois* au restaurant.

Il la jaugea un long moment, puis déclara :

— Comme tu voudras, Savannah. De mon côté, je n'ai pas l'habitude de forcer les femmes. Cette nuit, nous pouvons nous contenter de discuter et de faire plus ample connaissance, mais nous finirons par coucher ensemble un jour ou l'autre.

— Assez ! Tu n'es pas fair-play, tu continues tes manœuvres de séduction.

— Non, je te fais part de mon désir. Et je sais que toi aussi tu le partages. N'essaie pas de le nier !

— Je ne veux pas être un jouet avec lequel tu t'amuseras pendant douze mois et que tu laisseras ensuite tomber quand tu repartiras pour Washington, asséna-t-elle brusquement.

— Je pensais à notre plaisir à tous les deux, pas uniquement au mien.

— Tu envisages une relation purement physique entre nous, ce n'est pas ce que je souhaite. Si je me donne physiquement à un homme, j'attends en retour un engagement affectif.

— Ton comportement contredit ta belle théorie, Savannah, répondit-il d'une voix langoureuse. Et je suis sûr que j'obtiendrai de toi ce que je désire.

— Méfie-toi, ou tu risques de te retrouver marié pour de bon !

Il laissa échapper un rire sec.

— Ne compte pas là-dessus. Quand l'année sera écoulée, je reprendrai ma route quoi qu'il se soit passé entre nous.

— Je sais, c'est dans notre contrat. Je ne le conteste pas.

— Ton regard, si !

— Assez, Mike ! Tu veux tout et son contraire. Je suis fatiguée, allons nous coucher.

— C'est notre nuit de noces, et il est bien trop tôt. Finissons le champagne et parlons encore un peu.

Elle le fixa sans bouger, déchirée entre son envie de profiter encore de sa compagnie et celle de le fuir.

— Assieds-toi, Savannah, insista-t-il. Je ne mords pas, tu sais.

— Je n'ai pas peur de tes morsures !

— De mes baisers, alors ? Ou de la cour que je pourrais te faire ? A moins que ce ne soit de toi-même ?

— Laisse-moi tranquille, plaida-t-elle bien inutilement.

— Je te promets de me tenir moi-même tranquille, assura-t-il. Allez, rassieds-toi.

Il remplit de nouveau les coupes et, non sans soupirer, elle se rassit.

Ils se mirent alors à parler à bâtons rompus en contemplant le velours de la nuit.

Mike paraissait décontracté comme s'ils ne s'étaient ni embrassés ni déshabillés l'un l'autre, comme s'ils n'avaient même pas eu cette conversation délicate. De son côté, Savannah restait extrêmement tendue et luttait pour donner le change. Comment allait-elle survivre à la cohabitation avec ce pseudo mari au charme dévastateur ?

Brusquement, Mike demanda :

— Te souviens-tu de la soirée où tu m'as présenté ta famille ? Lorsque ton père t'a dit que tu ne pouvais pas sauver le monde entier ? Tu lui as répondu : « Comment peux-tu, *toi*, me tenir ce genre de propos ? », comme s'il n'avait pas le droit de te faire ce reproche. Pourquoi ?

— Tu es très observateur, commenta-t-elle doucement.

— Tu lui as également précisé que tu voulais donner à Jessie ce qu'Amy et lui t'avaient donné. En outre, tu m'as affirmé que le jour où nous nous connaîtrions mieux, tu me confierais pourquoi tu tenais tant à adopter Jessie. Ce jour n'est-il pas arrivé, Savannah ?

Fuyant son regard, elle répondit alors :

— Bah, ce n'est pas un grand secret ! Les quatre aînés de la famille — dont moi — sont des enfants adoptés. Nos parents ont été merveilleux avec nous et j'ai pour ma part passé une enfance très heureuse. Je souhaite que Jessie connaisse la même chose, voilà.

Savannah se tut un instant, pour dominer les vieilles souffrances toujours prêtes à resurgir. Puis elle poursuivit :

— Lorsque j'avais quatre ans, mon père génétique nous a abandonnés, ma mère et moi. Quelques mois plus tard, c'était elle qui désertait à son tour. Je suis alors devenue une pupille de l'Etat, allant de famille d'accueil en famille d'accueil.

— Je suis désolé, dit Mike, je n'aurais pas dû aborder ce sujet ce soir.

— Non, je t'assure, il n'y a rien de secret. Que Matt et Amy m'aient adoptée, c'est la chose la plus belle qui me soit arrivée.

— Il me semblait bien que tu ne ressemblais pas tellement à tes parents ! remarqua-t-il.

Les yeux dans le vide, Savannah continuait :

— J'ai passé des nuits à pleurer. Voilà pourquoi je ne voulais pas que Jessie subisse le même sort !

— Savannah, je suis sincèrement navré. Mais désormais, Jessie est ta fille. En outre, tu as une famille merveilleuse qui la comblera d'amour et d'attentions. Allons, il est temps à présent d'aller nous coucher.

Lui prenant la main, il l'aida à se lever et ajouta :

— Bonne nuit, madame Remington. Entre nous soit dit, je ne suis plus surpris que tu sois aussi déterminée.

— Bonne nuit, Mike, et merci sincèrement.

Elle l'accompagna jusqu'au seuil de la porte.

— Un ultime baiser en guise de bonsoir ? suggéra-t-il.

— Tu n'es qu'un incorrigible séducteur, mais je résisterai.

— Ah, Savannah, la tentation est le sel de la vie...

— Ce n'est...

Il venait de lui bâillonner la bouche de ses lèvres !

Au lieu de protester comme elle en avait l'intention, Savannah se trouva de nouveau précipitée dans les griffes de la passion et oublia tout.

Lorsqu'il la relâcha, il gronda :

— Un de ces prochains jours, je te ferai l'amour pendant des heures, sans interruption.

— Ce n'est pas prévu dans le contrat.

— Ce qui ne veut pas dire que ça n'arrivera pas ! D'ailleurs, j'ai la nette impression que toi aussi tu aimes m'embrasser...

— Quelques baisers n'engagent à rien. Tu n'as pas l'intention de t'attarder à Stallion Pass, Mike, et cela, je le garde toujours à l'esprit.

— Ne préjugeons pas de l'avenir, dit-il en souriant. Rendez-vous demain à 9 heures pour le petit déjeuner, d'accord ?

Et sans attendre sa réponse, il s'éloigna.

Savannah referma la porte, passablement troublée, à la fois soulagée et frustrée de se retrouver seule. Tout en se déshabillant, elle ne cessait de penser à lui. Dire que, si elle l'avait voulu, il aurait passé la nuit avec elle... Oui, ils pourraient vivre comme un véritable couple si elle y consentait.

Eh bien, c'était précisément ce qu'elle devait éviter, si elle ne voulait pas dans quelques mois se retrouver le cœur brisé quand il repartirait.

Oh, elle ne pouvait pas lui reprocher de cacher son jeu ! N'était-il pas d'une franchise cruelle avec elle ? Mike Remington était un homme farouchement indépendant qui ne pensait qu'à lui-même, résuma-t-elle, rageuse.

En enfilant son vieux pyjama de soie bleue, Savannah se rappela que, lorsqu'elle l'avait mis dans ses bagages, elle prévoyait qu'elle dormirait seule pour sa nuit de noces.

Demain, Mike et elle prendraient leur petit déjeuner ensemble, puis ils repartiraient pour San Antonio, où chacun mènerait sa vie de son côté dans l'immense demeure des Frates.

Une fois au lit, elle ne parvint pas à s'endormir. Des images éparses de la journée passée lui revenaient... Elle ne cessait de repenser à la cour que Mike lui avait faite, à leurs baisers. A la cérémonie de mariage également. Elle se rappela l'arrivée des Garrick. Mike s'était précipité vers eux et les avait enlacés. Elle avait vu des larmes briller dans ses yeux.

En revanche, il avait accueilli sa propre famille avec plus de retenue. Margot, la mère de Mike, était une très belle femme grisonnante dotée de grands yeux noirs lumineux. Quant à son père, Dan, il était si séduisant qu'on aurait pu le prendre pour un acteur de cinéma. Impossible d'ignorer d'où les trois frères Remington tiraient leur charme irrésistible. De toute évidence, c'était génétique.

Lorsqu'elle avait interrogé Mike au sujet des Garrick, son regard s'était troublé. Il lui avait confié qu'il s'était difficilement remis de la perte de Colin. Lorsqu'elle l'avait questionné sur les circonstances de sa disparition, il avait répondu brièvement : « Dans l'exercice de ses fonctions », puis il avait changé de sujet.

Pourquoi demeurait-il aussi mystérieux ? Etait-ce un trait de caractère ou avait-il un secret à dissimuler ?

Agacée de rester éveillée, Savannah finit par se relever et vint se placer derrière la baie vitrée pour admirer la nuit sur le Mississippi. Elle se rappela alors le matin où ils étaient allés chercher Jessie. Là encore, quelle excitation !

Quand l'assistante sociale lui avait donné le bébé, Jessie sentait le talc et la lotion pour enfant. Elle portait ce jour-là une robe rose — rose comme ses joues et sa bouche. C'était le plus beau bébé de la terre ! Elle avait posé ses grands yeux bleus sur elle avec une confiance infinie, et Savannah avait senti son cœur fondre...

Quand Savannah avait levé les yeux vers Mike, elle avait remarqué le regard attendri qu'il portait sur elles deux.

— Allons-y ! avait-il décrété vivement, comme pris en flagrant délit.

Dans la voiture, elle ne cessait de se retourner pour admirer Jessie.

— Elle est si belle, Mike, répétait-elle. C'est ma fille, mon bébé... C'est un miracle. Merci, Mike, merci.

— Quand obtiendrai-je une preuve de ta gratitude ? avait-il demandé d'un ton enjôleur.

— Désolée, mais la famille nous attend, avait-elle répondu précipitamment. Tout le monde est impatient de voir Jessie.

— Très bien, allons affronter la famille ! Ils vont se disputer pour la prendre dans leurs bras.

Mike avait prévu juste. Toute la journée, Jessie était passée de bras en bras. Lors de sa sieste, Savannah et Mike s'étaient rendus dans la maison des Frates. C'était un véritable château, avec solarium, salle de sport et piscine. Ils en avaient revisité toutes les pièces et conclu que l'un pourrait s'installer à l'étage et l'autre au rez-de-chaussée.

— Moi non plus, ce n'est pas mon style, cette maison, était-elle convenue. On va se perdre, ici.

— On pourrait peut-être louer des chambres pour nous sentir moins seuls, avait-il proposé en riant.

Puis il lui avait enlacé les épaules, et elle n'avait pas protesté…

Soudain, Savannah revint au présent et contempla le grand lit vide. Jamais elle n'avait imaginé ce que ce serait de passer sa nuit de noces seule.

Non, elle ne devait pas envisager la situation sous cet aspect-là ! Promptement, elle repensa à Jessie… et retrouva sa bonne humeur avant de finir par s'assoupir dans un fauteuil.

6.

Ce furent des coups insistants frappés à sa porte qui la réveillèrent quelques heures plus tard.

— Une seconde ! s'écria Savannah.

— Savannah, tout va bien ?

Mike ? Elle entrouvrit la porte et passa son nez dans l'entrebâillement : oui, c'était bien lui, douché et rasé de près, en jean et T-shirt. Seigneur, quelle heure pouvait-il être ?

— Puis-je entrer ? Je croyais qu'il t'était arrivé quelque chose, j'étais prêt à enfoncer la porte, dit-il en s'introduisant dans la suite.

Puis il la considéra de haut en bas et se tut. Encore en pyjama, Savannah paraissait tout endormie et désorientée. Envolée l'avocate tirée à quatre épingles et maîtresse d'elle-même ! Quant à ses cheveux, leur désordre n'en était pas moins terriblement sexy...

— Je t'ai réveillée, n'est-ce pas ? demanda-t-il enfin d'une voix rauque.

— Attends-moi ici pendant que je m'habille, dit-elle le souffle court.

Le regard de Mike était bien trop pénétrant et elle devait être affreuse ! Elle se précipita vers la salle de bains et se regarda dans le miroir. Sa veste de pyjama n'était même pas boutonnée jusqu'en haut et ses cheveux étaient tout emmêlés. Mon Dieu !

90

Quelle image d'elle venait-elle de lui donner ! Elle se dépêcha de passer dans la douche, puis revêtit un jean et un chemisier avant de brosser nerveusement sa chevelure.

— Désolée de t'avoir fait attendre, dit-elle en sortant de la salle de bains. Je ne m'étais pas réveillée.

Mike se contenta d'un rictus amusé.

Dès le petit déjeuner, l'air de rien, il recommença à lui faire du charme. Il évoqua son enfance, raconta des anecdotes sur ses frères et la fit naturellement éclater de rire.

Puis ce fut l'heure de reprendre l'avion vers le Texas.

A Stallion Pass, ils récupérèrent Jessie chez les parents de Savannah et, une fois la fillette installée à l'arrière de la Sedan, prirent la direction de « leur » maison.

Cette fois, la nouvelle vie commençait réellement.

— Choisis la suite qui te plaît ! dit Savannah en montant l'escalier, Jessie dans les bras.

— Je n'ai pas besoin de beaucoup de place, je me contenterai d'une pièce, répondit Mike.

— Il est vrai que tu ne t'installes ici qu'à titre provisoire, convint-elle.

Elle le vit acquiescer machinalement d'un signe de tête.

Ce simple geste la contraria, lui confirmant qu'il serait capable de partir sans le moindre regret envers elle ou le bébé. Cela la contrariait d'autant plus qu'elle savait parfaitement qu'elle n'aurait pas dû l'être !

Mike n'avait-il pas été suffisamment clair sur ses intentions depuis le début ?

Serrant les mâchoires, elle entra dans la chambre de la fillette pour lui faire redécouvrir l'endroit, puis se dirigea vers la chambre attenante, là où elle comptait s'installer. La pièce était aussi spacieuse que le salon de son appartement de San Antonio.

— Je comprends désormais pourquoi on avait enlevé John Frates et réclamé une rançon, déclara Mike en déposant ses valises dans la luxueuse chambre.

— A mon avis, ses ravisseurs ne connaissaient pas sa maison, observa Savannah.

— Tu as raison, il leur suffisait de savoir qu'il était le P.-D.G. d'une compagnie de pétrole américaine ! Bon, je vais chercher le reste des bagages.

Quelle chambre allait-il choisir ? se demanda-t-elle.

De toute évidence, Mike n'avait pas l'intention de s'installer au rez-de-chaussée, constata-t-elle en le voyant entrer quelques minutes plus tard dans la chambre donnant en face de celle de l'enfant. Avait-il une idée derrière la tête ? Celle de la conquérir, par exemple ? A la façon dont il s'était comporté la veille, ce soupçon s'en trouva renforcé. Elle regretta de ne pas lui avoir désigné une chambre d'office.

— C'est ici que tu comptes t'installer ? dit-elle d'un air détaché en le rejoignant.

La pièce, sobrement meublée, convenait parfaitement à Mike, reconnut-elle. Cependant, elle aurait nettement préféré qu'il choisisse un endroit au rez-de-chaussée. La maison était si grande !

— Oui, effectivement. Ça ne te dérange pas ?

— Euh… non, mentit-elle. Je suis même étonnée que tu ne choisisses pas de t'exiler à l'autre bout de notre « château ».

— La dernière chose que je souhaite, c'est d'être loin de toi, déclara-t-il en plongeant ses yeux dans les siens. Si tu ne tenais pas en ce moment le bébé dans les bras, je te montrerais à quel point j'ai envie d'être près de toi.

— Elle a faim, murmura Savannah, troublée.

— Alors je te montrerai plus tard, affirma-t-il tranquillement.

Sans répondre, Savannah sortit de la chambre pour aller préparer un biberon à Jessie. Pendant ce temps, Mike déchargeait les affaires et les rangeait. Le personnel de maison devait arriver le lendemain, mais cette nuit ils seraient seuls ici avec Jessie…

Lorsque, une fois la fillette rassasiée, elle ressortit de la cuisine, elle trouva Mike en train de monter le nouveau lit de bébé. Il ne l'avait pas entendue venir, et pendant quelques secondes elle se délecta du spectacle de ses muscles bandés. Elle se rappela la merveilleuse sensation qui s'emparait de tout son être quand ces bras vigoureux se refermaient sur elle… Ah, assez !

— Mike, peux-tu tenir Jessie deux minutes pendant que je lui prépare un jus de fruit ? demanda-t-elle.

Et, sans attendre la réponse, elle lui colla l'enfant dans les bras.

Avant qu'elle n'ait franchi le seuil de la cuisine, Jessie éclatait en sanglots.

— Reviens, Savannah ! supplia immédiatement Mike. Elle n'a pas l'air d'apprécier.

— Mets-la sur ton épaule.

— Viens la reprendre, s'il te plaît !

Déjà il lui tendait l'enfant.

Se mordant la langue pour ne pas faire d'observation, Savannah prit Jessie, la calma rapidement et l'installa dans son maxi cosy dans la cuisine. Tandis qu'elle lui préparait son jus de fruit, elle en profita pour sermonner tendrement la petite.

— Il faudra que tu acceptes que…

Elle s'interrompit, embarrassée.

Comment devait-elle désigner Mike quand elle s'adressait à Jessie ? Papa ? Non, cela ne convenait absolument pas. Il était juste son tuteur légal, et lorsque Jessie apprendrait à parler, Mike serait déjà parti.

— Il faudra que tu acceptes que le colonel Remington te prenne dans ses bras, ma chérie, lui dit-elle alors. Il va habiter avec nous pendant quelque temps.

Sentant une présence derrière elle, elle tourna la tête : Mike se tenait dans l'encadrement de la porte, bras croisés, un sourire ironique aux lèvres.

— « Colonel Remington », ça me semble un peu formel pour un homme qui est son tuteur et va bientôt l'adopter, qu'en penses-tu ?

— Je te l'accorde, répondit-elle agacée, mais avoue que « papa », ça ne va pas du tout ! Je croyais que tu finirais par t'intéresser à Jessie, or, je constate que non. Tu n'es même pas capable de la tenir cinq secondes dans tes bras ! Comment ai-je pu être assez naïve pour croire que tu ne résisterais pas à cette charmante petite fille ?

— Ce n'est pas cet âge-là qui me fait craquer, marmotta Mike.

A ces mots, Savannah lui jeta un œil sévère puis, se tournant vers Jessie, déclara :

— N'est-ce pas que tu es un adorable bébé, mon petit cœur ?

S'emparant d'une serviette, elle s'amusa à cacher puis à montrer son visage à la petite fille en s'exclamant : « Coucou ! »

Jessie éclatait de rire chaque fois que Savannah baissait la serviette et disait coucou.

Mike les observait. Nul doute qu'elle serait une très bonne mère. Elle aimait déjà Jessie comme son propre enfant, il n'avait aucun souci à se faire pour la fille de John Frates.

Malgré lui, il laissa glisser son regard sur le corps de Savannah. Elle avait troqué son jean contre un short noir qui dévoilait large-ment ses cuisses fines et bronzées. Une partie de ses cheveux était maintenue par une barrette en forme de papillon sur le haut de sa tête, et de longues mèches retombaient sur ses épaules... Insidieux, le désir cingla ses reins. Il mourait d'envie de traverser la pièce et de la prendre dans ses bras.

Hélas, c'était impossible ! L'attention de Savannah était exclusivement dédiée à Jessie et il savait pertinemment qu'il l'avait agacée tout à l'heure en lui rendant l'enfant en pleurs sans tenter de la calmer par lui-même.

— Je peux préparer le biberon pour la nuit, proposa-t-il sur une impulsion. Ainsi, tu pourras continuer à jouer avec Jessie.

— Suis les instructions sur la boîte de lait en poudre, répondit-elle sèchement, sans même le remercier pour sa proposition spontanée.

Là-dessus, elle prit Jessie dans ses bras et sortit de la cuisine.

Mike soupira.

Lorsqu'il avait accepté de l'épouser, il avait eu la ferme intention de louer un appartement à San Antonio. Or, il avait maintenant trop besoin de la compagnie de Savannah pour supporter un tel éloignement ! Néanmoins, si elle passait son temps, comme ce soir, à s'occuper de l'enfant sans lui accorder la moindre attention, quel intérêt avait-il à rester dans cette grande maison ? Il ne cessait de repenser à leur soirée à La Nouvelle-Orléans, aux baisers qu'ils avaient échangés dans la chambre d'hôtel. Il aurait tant aimé aller plus loin avec elle...

Allons ! Ce n'était que le premier jour de leur cohabitation, il ne devait pas désespérer.

Il fallut une demi-heure à Savannah pour endormir Jessie. Elle la berça, lui chanta des chansons, lui parla doucement...

Appuyé contre le chambranle de la porte, Mike assistait au spectacle.

Une fois Jessie enfin endormie, Savannah continua de la couver du regard comme si elle était incapable de détourner ses yeux de l'enfant.

— Comptes-tu la veiller toute la nuit ? demanda-t-il.

— Pourquoi pas ? dit-elle en lui concédant enfin un regard. Elle est si belle.

— Je suis sûr que tu l'aurais trouvée belle même si on t'avait donné le bébé le plus affreux de la ville !

Sortant de la chambre de l'enfant à pas feutrés, Savannah referma doucement la porte derrière elle.

— Je n'arrive pas à croire à mon bonheur, Mike. Au bonheur de l'adopter, de l'élever. Bien sûr, je ne manquerai pas de lui parler de ses vrais parents.

— Ses parents biologiques, rectifia-t-il. C'est toi qui vas être sa véritable mère.

— Tu ne veux toujours pas être son père ? demanda Savannah à brûle-pourpoint.

— Je ne pense pas que je sois fait pour être père. Je te l'ai dit, il n'y a pas de place dans ma vie pour un enfant. Et je ne peux pas m'attacher à elle sur commande !

— Je ne sais pas comment tu peux résister à une enfant si adorable, soupira Savannah. Merci, en tout cas, d'avoir monté tous mes bagages et mes cartons. Je vais les déballer à présent.

— Non ! dit-il en lui prenant d'autorité le bras. Allons boire un soda dans le salon. Tu as pris un jour de congé, n'est-ce pas ? Tu pourras t'en occuper demain.

Savannah ne protesta pas : elle était épuisée.

Quelques minutes plus tard, ils s'asseyaient dans un des confortables canapés du salon. Elle prit place dans l'angle, ramenant ses pieds sous ses cuisses. Quant à Mike, il s'assit de façon à pouvoir étendre le bras… et atteindre ses cheveux.

— Si tu as en tête de me séduire, tu perds ton temps, déclara-t-elle d'emblée.

— Tu crois ? fit-il en se mettant à caresser doucement sa nuque, bien conscient que le mouvement de ses doigts la faisait frissonner. Je suis certain que cette année nous réserve de belles surprises.

— Nous verrons. J'ai déjà été abandonnée deux fois dans ma vie, et je peux te garantir que je n'ai pas l'intention de l'être une troisième fois.

— N'as-tu jamais eu de relation sérieuse avec un homme ?

— J'ai été amoureuse une fois, quand j'étais étudiante…

— Et ?

— Et je suis partie quand je me suis rendu compte que nous n'étions pas faits l'un pour l'autre. J'ai préféré quitter plutôt qu'être quittée.

— Entre nous, il ne sera pas question d'amour, juste de plaisir, chuchota-t-il alors en se rapprochant d'elle pour lui baiser l'oreille.

— Je reconnais l'attirance physique qu'il y a entre nous, cependant, je ne *veux* pas tomber amoureuse de toi.

— Où est le problème ?

— Je te l'ai déjà dit, soupira-t-elle. L'amour physique sans engagement affectif, ça ne m'intéresse pas. Si nous couchons ensemble toi et moi, je sais que je finirai par m'impliquer émotionnellement. Contrairement à toi, je ne peux pas faire abstraction des sentiments.

Ce disant — et de façon combien contradictoire — elle n'empêchait nullement Mike de lui mordiller le lobe de l'oreille. Naturellement, elle avait tort, mais il torturait si délicieusement ses sens… Et quand il traça un sillon brûlant dans son cou, elle ne protesta pas davantage, mais glissa au contraire ses doigts dans sa chevelure.

Fermant les yeux, elle allait le laisser s'emparer de sa bouche quand soudain, dans le tourbillon des sens, il lui sembla entendre un cri.

Jessie ? Vivement, elle se dégagea de l'étreinte de Mike et tendit l'oreille…

— C'est Jessie ! s'écria-t-elle en se précipitant vers la porte.

Elle trouva l'enfant en sanglots et la serra tendrement contre elle pour la consoler. Rassurée, Jessie cessa de pleurer, et elle la couvrit de baisers.

Mon Dieu ! pensa-t-elle affolée, combien de temps allait-elle pouvoir vivre sous le même toit que Mike et résister à ses avances ? Ils étaient mariés depuis un jour à peine, et elle sentait déjà à quel point elle était démunie face à lui.

— Que se passe-t-il ? demanda celui-ci en se dessinant dans l'encadrement de la porte.

— Rien, elle avait juste besoin d'être prise dans les bras, répondit Savannah. Je vais la bercer pour qu'elle se rendorme.

Hochant la tête, Mike quitta la pièce tandis que Savannah s'installait dans le rocking-chair pour aider le bébé à se rendormir.

Helgra, qui était déjà au service des Frates, avait accepté de revenir officier en tant que cuisinière pour Savannah et Mike, tout comme Francis à qui était dévolu l'entretien de l'extérieur et Millie qui s'occupait du ménage.

Une nouvelle personne avait fait son apparition pour remplacer l'ancienne nourrice de Jessie qui venait de se marier : Constance, une jeune fille de dix-neuf ans qui suivait des cours du soir à San Antonio. Elle était présente de 7 heures du matin à 6 heures du soir.

Cette organisation permit à Savannah de maintenir pratiquement son rythme de travail.

De son côté, dès l'ouverture de son agence, Mike avait réalisé que les Clay étaient très influents dans la région : il n'aurait pas de mal à se faire une clientèle.

C'est ce qu'il expliqua à Savannah le mercredi soir, alors qu'ils terminaient une partie de billard dans la salle de jeux.

Ils venaient de jouer trois sets, et elle en avait remporté deux.

— Vous êtes remarquablement douée, maître, décréta-t-il, mi-ironique mi-sentencieux.

— J'ai de l'entraînement, avec mes frères.

— Et tu es particulièrement acharnée, n'est-ce pas ?

— Tu es toi-même un redoutable joueur, il faut que je me défende ! Mais il est vrai que j'adore jouer au billard, ça me détend et me permet d'oublier le travail. Alors, prêt pour la quatrième manche ?

— Prêt !

Savannah regarda Mike se déplacer autour de la table de billard. Son T-shirt blanc épousait étroitement son torse vigoureux. La taille basse de son jean lui prêtait un style à la fois désinvolte et sexy. Un frisson de désir la parcourut.

Mike visa puis se tourna vers elle.

— Comment marchent tes affaires ? demanda-t-elle vivement, pour chasser ses pensées audacieuses.

— Grâce à toi, j'ai déjà plusieurs cas à traiter.

— Pourquoi, grâce à moi ?

— C'est la réputation de ta famille qui m'attire de la clientèle. Sais-tu qui est venu me voir ? Votre ami Wyatt Sawyer. Mais attends un peu de savoir pourquoi : on lui a volé son étalon blanc !

— C'est incroyable, s'exclama Savannah. Ce cheval ne peut même pas servir à la reproduction.

— Il n'empêche qu'il a disparu, et je suis chargé de retrouver les voleurs.

— Pourquoi as-tu accepté cette affaire ? Il aurait dû s'adresser à la police. En outre, il est quasi impossible de retrouver les voleurs de chevaux.

— Wyatt soupçonne le voleur de lui en vouloir pour un autre motif.

— Un motif que tu es censé trouver, n'est-ce pas ? Après tout, il s'est sûrement adressé à la bonne personne.

— Tiens donc, j'ignorais que tu avais une telle confiance en moi, ironisa-t-il.

— Pourquoi cela t'étonne-t-il ? Si ce n'était pas le cas, je ne me serais pas marié avec toi. Et je n'aurais pas insisté si lourdement au départ pour que tu t'occupes de Jessie.

A cet instant, Mike posa sa queue de billard et, se saisissant de celle de Savannah, la plaça près de la sienne. Puis, l'attirant à lui, il chercha son regard et déclara d'un ton lascif :

— De mon côté, je connais si peu de choses sur toi… Je suis curieux d'en apprendre davantage. Je voudrais, par exemple, savoir quel visage tu as quand tu t'abandonnes. Je voudrais découvrir chaque parcelle de ta peau…

Il s'interrompit pour l'embrasser, et elle lui rendit ardemment son baiser, sachant qu'elle courait à la catastrophe mais incapable de le repousser.

Mike laissa alors courir ses mains sur son corps, emprisonna ses seins… Lorsque ses pouces se mirent à jouer avec leurs pointes, un langoureux frisson la parcourut.

— Je ne te laisserai pas me briser le cœur, le prévint-elle.

— C'est bien la dernière chose au monde que je souhaite faire, répondit-il en embrassant doucement ses tempes.

— Ne t'est-il jamais venu à l'esprit que, dans un an, tu n'aurais peut-être pas envie de repartir ? lui demanda-t-elle alors. Tu prends des risques, toi aussi, en te comportant de cette façon.

— Je partirai, j'en suis sûr. Je ne suis pas fait pour être père, je ne connais rien aux enfants.

— Tu peux apprendre, objecta-t-elle.

Encore une fois, l'irritation et le désir que Mike lui inspirait se disputaient dans son cœur.

Comme au premier jour…

— Ne te fais pas d'illusion, Savannah, reprit-il. Nous avons passé un contrat, j'en respecterai le terme.

— Reprenons notre partie de billard, décréta-t-elle d'un ton agacé.

Il ne protesta pas, se contentant d'un regard amusé. Elle chassa le sentiment désagréable qu'il semblait avoir bien confiance en soi.

— Mes frères et sœurs se rassemblent samedi pour la promenade hebdomadaire à cheval. Veux-tu te joindre à nous ?

— Volontiers, dit-il en se penchant sur la table de billard.

— Tu sais monter ?

— Oui, même si je ne suis pas remonté à cheval depuis l'adolescence.

Elle ne répondit pas, se concentrant de nouveau sur le jeu. Pourquoi avait-elle un tel esprit de compétition avec lui ?

Eh zut ! Elle venait de perdre le set !

— Tu as gagné, concéda-t-elle sèchement.

— Allons, Savannah, il faut être bonne joueuse, répondit-il en souriant, ayant noté sa mauvaise humeur. Si le billard te fait cet effet, je me demande comment tu réagis lorsque tu manques une plaidoirie.

— Cela ne m'arrive pas souvent… A propos, Mike, je crois que je vais avoir besoin de tes services.

— Je suis tout à toi, chérie, répondit-il, non sans l'envelopper de son regard de jais.

— Je veux que tu enquêtes sur mon cabinet, expliqua-t-elle alors en riant nerveusement.

— Sais-tu que tu es très belle quand tu ris ? Ton sourire a dû conquérir de nombreux jurés.

— Assez, Mike ! Je te parle d'un sujet des plus sérieux.

— Ah oui ! Ton cabinet… Je t'écoute.

— Voilà : ces derniers mois, nous avons perdu trois gros clients. Un, pourquoi pas, deux, passe encore, mais trois, cela devient suspect.

— Quelles raisons ont-ils donné ?

— Le premier désirait s'adresser à un cabinet plus important pour traiter ses affaires, l'autre estimait que nos tarifs étaient trop élevés, ce qui n'est pas du tout le cas. Quant au troisième, il n'a même pas jugé bon de donner une raison.

— Très bien, je mènerai l'enquête. Troy est d'accord, n'est-ce pas ?

— Je ne lui ai pas demandé son avis, mais je suis certaine qu'il n'aura rien contre.

— Au mariage, j'ai eu l'impression qu'il ne m'appréciait pas tellement, observa alors Mike.

— Bah, il était sans doute un peu jaloux car il nous croyait amoureux. Comme, depuis, je lui ai expliqué la raison de notre mariage, je suis certaine qu'il sera désormais plus amical avec toi.

— Nous verrons, répondit Mike, de toute évidence sceptique.

Le vendredi suivant, Mike se présenta au cabinet pour que Savannah l'édifie sur le dossier dont elle voulait le charger.

A la vue de la jeune juriste au chignon sage, son cœur s'accéléra. Il se rappela immédiatement leur première rencontre et le trouble qu'elle avait suscité en lui. Il n'était d'ailleurs pas loin de ressentir le même aujourd'hui.

— Tu souris d'un air rêveur, constata-t-il. Est-ce parce que tu as obtenu ce que tu voulais ? Jessie, moi, le mariage…

— Je ne t'ai pas obtenu *toi*, précisa-t-elle. Ce n'était pas le but de la manœuvre. Assieds-toi, je t'en prie.

— A vos ordres, maître !

Elle portait un simple pull à manches courtes et un jean, mais avait l'air terriblement féminin et sexy.

— J'ai établi la liste des clients que nous avons perdus et rassemblé toutes les informations que je détenais. Tiens…

Un coup à la porte les interrompit et Troy Slocum se matérialisa immédiatement dans la pièce.

— Mike, tu te souviens de Troy, mon associé.

— Ravi de vous revoir, dit Mike en lui tendant la main.

Savannah avait tort de croire que Slocum deviendrait amical à son égard : il lisait toujours la même hostilité dans ses yeux.

— J'ai prévenu Savannah que cette enquête était une pure perte de temps, déclara sans ambages le nouveau venu. Les clients ne s'engagent à aucune fidélité. Quoi de plus normal que nous en perdions quelques-uns !

— Il est tout de même curieux qu'ils nous fassent tous faux bond en même temps, protesta Savannah. Nous verrons bien ce que Mike arrivera à établir.

— Si tu tiens absolument à occuper ton nouveau mari, pourquoi pas ? Mais je crains qu'il ne trouve rien de bien concluant.

— Troy ! Il ne s'agit pas « d'occuper mon mari », et tu le sais parfaitement ! Non, mon intuition me dit que cette affaire est suspecte.

— Ah, Savannah et ses intuitions ! fit Slocum en levant les yeux au ciel. Certains clients nous ont déjà fait des infidélités et sont revenus ! C'est ce qui se passera là aussi.

— Peut-être. Il n'empêche qu'une petite enquête ne nous sera en rien préjudiciable.

— Comme tu voudras ! A présent, je vous laisse, j'ai du travail. Bon courage, Mike.

Mike hocha la tête et attendit que Slocum ait refermé la porte pour inviter sa femme à déjeuner. Il n'avait aucune envie que son associé se joigne à eux !

A dire vrai, il n'était pas loin de penser que celui-ci avait raison concernant les fameux clients, mais était prêt à effectuer les vérifications nécessaires pour tranquilliser Savannah.

Le samedi, Mike et Savannah se rendirent avec Jessie au domaine Clay où tous les frères et sœurs s'étaient donné rendez-vous en vue de leur promenade équestre habituelle. En attendant les retardataires, Matt entraîna Mike dans son atelier afin de lui montrer le cheval à bascule qu'il était en train de fabriquer pour sa nouvelle petite-fille.

— Va rejoindre les autres à présent, lui dit-il au bout d'un moment, ils seraient capables de partir sans toi. Bonne promenade ! Amy et moi sommes très heureux de faire du baby-sitting.

— A plus tard, Matt.

Lorsque Mike sortit de l'atelier, Savannah était en grande discussion avec ses frères devant les écuries. Ils ne l'entendirent pas arriver.

— Donnons-lui Bluebonnet, disait Andy.

— Bluebonnet ? Quelle drôle d'idée ! répliqua Savannah.

— Andy a raison, intervint Lucius.

— Non ! Mike prendra Jester, un point c'est tout ! Ne cherchez pas à le ridiculiser.

Dès qu'ils l'aperçurent, ils cessèrent immédiatement leur discussion et Lucius déclara :

— En route ! Les chevaux sont sellés.

— Tu vas prendre Jester, annonça Savannah, vous devriez bien vous entendre, lui et toi.

Ce disant, elle lui tendit les brides de l'alezan.

Mike se mit en selle tandis que le groupe s'ébranlait au pas. Savannah, pour sa part, enfourcha une jument noire.

Le soleil de cette fin avril était très chaud, et nul doute que vers midi la chaleur serait insupportable, pensa-t-il. Mais d'ici là, ils seraient de retour à la maison et profiteraient de l'air conditionné...

— Mike !

Se ruant hors de son atelier, Matt venait d'interrompre le cours de ses pensées. A ce cri, Jester partit sans prévenir au galop, avant de s'arrêter brusquement et de se cabrer en hennissant. Mike serra les jambes, s'accrochant désespérément à la selle.

Les frères de Savannah éclatèrent de rire.

Bon Dieu ! Combien de temps allait-il tenir sur ce cheval déchaîné ? se demanda-t-il tandis que les rires se transformaient en cris d'encouragement.

— Vas-y, cow-boy, maîtrise-le !

Jester finit enfin par se calmer et se remettre sur ses quatre fers. Un concert d'applaudissements retentit alors, puis les cavaliers s'élancèrent vers les sous-bois.

— Désolé, Mike, dit Matt. Tu avais oublié ta gourde dans l'atelier, la voilà...

— Tu pourrais participer à un rodéo, bravo ! coupa Savannah. Tu as cloué le bec à mes frères. Ils sous-estimaient tes talents...

— C'est-à-dire ?

— Ils voulaient te donner une vieille bête. Or, je savais que tu saurais maîtriser Jester, répondit-elle avec de grands yeux innocents.

Hum, hum... Elle avait donc voulu le mettre à l'épreuve ! Contre l'avis de ses frères. Même son père s'était affolé en le voyant juché sur ce pur-sang... Et avait déclenché le spectacle !

Sautant prestement de cheval, Mike s'empara de la bride de la jument noire.

— Descends de cheval, Savannah ! ordonna-t-il.

7.

— Oh, non ! Ne me dis pas que tu es mauvais joueur !
protesta-t-elle, ne sachant trop s'il était réellement furieux ou
feignait la colère.

D'autorité, Mike la fit descendre de cheval puis se campa
devant elle.

O.K., pensa-t-elle un peu penaude, elle lui avait joué un tour
pendable en lui attribuant un étalon plutôt nerveux. Néanmoins,
elle était convaincue qu'il relèverait le défi, et de fait il avait
monté Jester comme un pro ! Et du même coup redoré son
blason auprès de ses frères. Alors de quoi se plaignait-il ?
Pourquoi cette menace dans les yeux sombres qui la fixaient
de façon insistante ?

— J'aurais pu me briser le cou, remarqua-t-il.

A son ton, elle comprit aussitôt qu'il n'était pas en colère. Au
contraire, la facétie dont il venait d'être l'objet avait provoqué
l'effet inverse : ses prunelles brillaient de passion et il semblait
prêt à tout pour la conquérir. Etait-ce dû à la montée d'adrénaline
que lui avait valu son minirodéo improvisé ?

— Allons donc ! Tu as grandi dans un ranch, tu sais chevaucher.

— Tu ne vas pas t'en sortir comme ça, ma belle.

— Mike...

— On ne joue pas impunément avec le feu. A présent, je mérite une compensation.

L'attirant promptement à lui, il lui donna alors un baiser fougueux qui lui coupa le souffle et fit battre violemment son cœur, au point qu'elle en oublia où ils étaient et ce qui venait de se passer. Consumée de désir, elle se pressa à son tour contre son torse solide, enfouissant ses doigts dans ses mèches brunes, savourant ses caresses, son odeur, son ardeur… Jusqu'à ce que Mike la relâche subitement, presque brutalement.

Tous deux se jaugèrent alors, haletants.

— Je finirai ce soir à la maison ce que je viens de commencer, la prévint-il d'une voix rauque.

Ils continuèrent à se fixer intensément en silence, chacun souhaitant retenir secrètement le sortilège. Savannah mourait d'envie de se jeter dans ses bras et savait que, de son côté, Mike n'attendait que cela.

Lui soulevant le menton, il déclara enfin :

— Toi et moi, nous sommes comme le feu et la dynamite : nous formons un mélange explosif. Je devrais être en colère, mais tout ce que je désire, c'est t'embrasser afin de canaliser ce feu qui me dévore.

— Tu n'as pas eu la réaction que j'attendais, avoua-t-elle alors, consciente que sa farce avait soulevé désordre et confusion. Je vais te seller un autre cheval.

Attrapant Jester par la bride, elle le ramena dans son box. Quelques minutes plus tard, elle revenait avec un autre pur-sang.

— Voilà ton nouveau cheval !

— Quelle nouvelle mésaventure m'attend avec celui-là ? fit Mike, mi-ironique mi-méfiant.

— Aucune, tu as ma parole. Il est très docile.

Mike lui adressa un regard amusé, puis enfourcha sa nouvelle monture et se mit dès lors à trotter tranquillement à ses côtés.

Pour sa part, elle ne parvenait pas à retrouver sa sérénité. Elle repensait à la ferme promesse que Mike lui avait faite tout à l'heure, à savoir poursuivre ce soir ce qu'il avait commencé quelques instants auparavant avec ce baiser.

Désireuse de chasser cette pensée troublante, elle déclara :

— Tu as impressionné mes frères, tu sais. Ils te traiteront désormais avec bien plus de respect.

— Serais-tu en train de me dire que tu as agi pour mon bien ? répliqua-t-il sur un ton provocant.

A cet instant, elle laissa fuser un rire et lança son cheval au galop. Mike s'élança derrière elle et la rattrapa rapidement. Ils disputèrent alors une course effrénée dans le sous-bois.

Dix minutes plus tard, de guerre lasse, Mike laissait Savannah le dépasser... non sans arrière-pensée : il aurait ainsi tout loisir d'admirer sa chute de reins. Il tiendrait sa promesse ! se jura-t-il alors, galvanisé par sa taille élégante cintrée dans le jodhpur. Elle l'avait mis à l'épreuve ce matin ? Qu'à cela ne tienne ! Ce soir, ce serait à lui de la pousser dans ses ultimes retranchements.

Lorsqu'ils eurent rejoint le reste de la troupe, il eut droit aux félicitations de tous pour la bravoure dont il avait fait preuve avec Jester. De fait, Savannah avait raison : il n'y avait plus la moindre trace d'animosité dans la voix de ses beaux-frères.

— Bravo, lui dit Jacob. Nous avions parié un repas au restaurant avec mes frères. Andy prétendait que tu maîtriserais Jester, Lucius et moi soutenions le contraire. Tu as gagné, donc je vous invite tous.

— Merci, j'accepte avec plaisir, répondit Mike, non sans jeter une œillade à Savannah.

Quand le petit groupe revint à la maison à l'heure du déjeuner,

Matt se permit de réprimander sa fille eu égard au tour qu'elle lui avait joué, puis il le félicita pour ses prouesses.

De toute évidence, le père de Savannah l'avait accepté, et cela ne remontait pas à ce matin. Non, réfléchit-il, il était devenu plus amical depuis le jour du mariage, lorsqu'il les avait vus danser étroitement enlacés. Nul doute que les parents de Savannah espéraient qu'il allait tomber amoureux d'elle et rester à Stallion Pass. Heureusement que la principale intéressée ne se faisait pas autant d'illusions à ce sujet !

Mike la regardait à présent charger leurs affaires dans la voiture : Savannah renvoyait l'image d'une femme sérieuse et consciencieuse, et pourtant elle avait été capable de lui jouer un drôle de tour ce matin, avec Jester !

Désormais, il se méfierait davantage de son côté imprévisible, tout comme il était certain que, pour sa part, elle y réfléchirait à deux fois avant de le provoquer.

Il était presque 22 heures, ce soir-là, quand Savannah sortit de la chambre de Jessie. L'enfant avait été longue à s'endormir.

— Je suis épuisée, déclara-t-elle immédiatement. Bonne nuit, Mike.

Epuisée, vraiment ? Ne cherchait-elle pas plutôt à l'éviter par crainte qu'il ne tienne sa promesse ?

Devant son visage pâle et ses traits tirés, Mike n'eut cependant pas le cœur d'insister, et ses résolutions fondirent comme neige au soleil. Qu'à cela ne tienne, ma belle ! pensa-t-il toutefois, ce n'était que partie remise. Ne disait-on pas que tout venait à qui savait attendre ? Par conséquent, il attendrait son heure. Si ce n'était pas pour ce soir, ce serait pour demain ou très bientôt. Ce n'était plus qu'une question de jours, Savannah chérie...

Hélas ! Les jours qui suivirent furent extrêmement chargés, et ils n'eurent pas le loisir de profiter de véritables tête-à-tête. Naturellement, il ne perdait pas espoir, pestant juste contre le sort qui lui était pour le moment défavorable.

Le vendredi de la semaine suivante, en début d'après-midi, Savannah l'appela sur son portable :

— J'ai besoin de ton aide, déclara-t-elle sans ambages.

A son ton alarmé, il redouta qu'il ne soit arrivé quelque chose à Jessie.

— Que se passe-t-il ?

— Le père de Constance a fait un infarctus. Elle attend que nous rentrions pour se rendre à son chevet. Or, je suis bloquée au palais de justice.

— Pas de problème, je m'en occupe. Je vais appeler ta mère ou tes sœurs pour savoir chez qui je peux emmener Jessie.

— C'est impossible, Mike. Tu sais bien que toute ma famille est partie à Fort Worth assister à un concours équestre ! Nous étions trop occupés pour nous joindre à eux, tu ne t'en souviens pas ?

Euh… Non, franchement, il ne se le rappelait pas, mais quelle importance ? Ce qu'il était urgent de trouver, c'était une solution pour Jessie ! Helga ne travaillait pas le vendredi après-midi et Millie refuserait de s'occuper du ménage et de l'enfant, calcula-t-il rapidement. Par conséquent…

— N'as-tu pas une amie à qui je pourrais la confier ?

— Non, toutes travaillent, trancha Savannah d'une voix lugubre.

La panique le saisit. Jessie pleurait chaque fois qu'il voulait la prendre dans ses bras, aussi était-il exclu qu'il la garde — ne serait-ce qu'une heure !

— Savannah, commença-t-il. Je…

— Oh, Mike, je t'en supplie ! Je suis convaincue que tu peux t'en sortir pendant une heure ou deux.

— Tu plaisantes, n'est-ce pas ? demanda-t-il sèchement.

— Absolument pas ! J'ai désespérément besoin de ton aide, Constance doit partir de toute urgence.

— Ah, la barbe ! Bon, entendu, marmonna-t-il. Mais rentre aussi vite que possible. Et j'espère pour toi que ce n'est pas une mauvaise blague !

— Non, Mike, navrée de te le confirmer, mais c'est bien la réalité. Peux-tu appeler Constance et lui dire que tu arrives ? Merci !

Et, sans lui laisser le temps de répondre, elle raccrocha.

Disparue, Savannah ! Il était seul face à ses responsabilités. Très bien ! Il respira profondément… En premier lieu, il devait appeler Constance pour lui signaler son arrivée. Bon sang ! Il avait pourtant mille choses à faire cet après-midi à la place du baby-sitting.

A la maison, la jeune fille l'attendait dans le vestibule, sur le pied de guerre.

— Merci, Mike, d'être rentré si vite. Désolée, je dois partir sans attendre.

— J'espère que votre père va se rétablir rapidement et que tout rentrera dans l'ordre.

— Merci, dit Constance en se précipitant vers la porte. Jessie dort. Il y a des biberons tout prêts dans le réfrigérateur. Il faudra également lui donner un petit pot de compote au goûter, il se trouve sur le comptoir de la cuisine.

— Entendu, partez sans vous faire de souci.

Hochant la tête, Constance s'éclipsa.

Bon, le tout était de ne pas s'affoler, se dit-il avec philosophie. Avant tout chose, se changer. Il avait pu constater que la redoutable petite Jessie adorait faire partager sa nourriture aux autres en les éclaboussant. Il était donc préférable de passer un T-shirt et un jean afin de ne pas maculer son costume.

Jessie lui donna peu de répit. A peine changé, il entendit des cris.

Quand il pénétra dans sa chambre, l'enfant pleurait et donnait des coups de pieds en l'air, visiblement très agitée. Elle était vêtue d'une robe rouge. Ses boucles étaient toutes mouillées tant elle s'était énervée, et ses joues étaient aussi rouges que sa robe.

— Du calme, bébé, lui dit Mike en la prenant dans ses bras.

Ce qui eut pour effet de faire redoubler les pleurs et les cris.

— Désolé, poursuivit-il, mais aujourd'hui, c'est moi qui m'occupe de toi. Je vais te changer et ensuite je te donnerai à manger.

Il posa alors le bébé sur la table à langer. Après de nombreux essais infructueux et trois couches sacrifiées parce que déchirées, il parvint enfin à en attacher une susceptible de tenir. Il faut dire que Jessie n'y mettait pas du sien, hurlant et se débattant sans discontinuer.

— Calme-toi, Jessie, je fais de mon mieux, la supplia-il, sentant la panique monter peu à peu en lui.

Devait-il la confier à une voisine ? Mais laquelle ? Et qu'en penserait Savannah ? Non, ce n'était décidément pas une attitude responsable.

— Par pitié, Savannah, rentre vite ! marmonna-t-il.

Nom d'un chien, il n'avait rien demandé, lui ! Il s'était prêté à ce simulacre de mariage pour faire plaisir à Savannah — sinon tout simplement parce qu'il était incapable de résister à une jolie femme. Mais il n'était stipulé nulle part dans le contrat qu'il devrait s'occuper de l'enfant !

Allons ! Plus sa tension intérieure grimpait, et plus Jessie s'énervait. Il *devait* se dominer.

Berçant le bébé contre lui, Mike lui annonça alors d'une voix douce :

— Je vais te donner ton biberon, ça va aller mieux.

Il descendit dans la cuisine et voulut la mettre dans son maxi cosy, mais l'enfant devint si cramoisie qu'il s'en effraya. Il la reprit vivement et, Jessie hurlant sur son épaule, fit réchauffer son biberon au four à micro-ondes.

Quand il s'assit pour le lui donner, des sueurs froides se mirent à couler spontanément sur son front : Jessie refusait de prendre la tétine et se débattait en criant. Son visage était violet et elle avait du mal à reprendre sa respiration tant elle pleurait.

Mon Dieu ! Elle n'allait tout de même pas s'étrangler là, dans ses bras !

Jamais encore il n'avait ressenti une telle panique, une si grande impuissance. Et pourtant, Dieu savait qu'il avait connu des moments difficiles dans sa vie ! A bien y réfléchir, il préférait encore affronter les tirs d'un sniper : au pire, il pouvait répliquer ou s'enfuir. Mais là...

— Ma chérie, calme-toi, reprit-il en s'efforçant de retrouver son sang-froid.

En désespoir de cause, il se mit à fredonner une berceuse que chantait souvent Savannah. Il en avait oublié les paroles, mais se rappelait très bien l'air. Hélas, Jessie demeura insensible à la mélodie.

La replaçant dans le maxi cosy, il se mit à la bercer tout en implorant :

— S'il te plaît, Jessie, s'il te plaît, arrête de pleurer. J'ignore ce que tu as, si tu as mal quelque part ou si tu n'apprécies pas que ce soit moi qui te garde, mais fais un effort, je t'en supplie, calme-toi !

Ouvrant le pot de compote, il tenta de lui en donner une cuillerée, mais le contenu en atterrit immédiatement sur son T-shirt. Prenant une feuille d'essuie-tout, il répara l'incident.

113

Au comble du désespoir, il aperçut alors le journal posé sur la table…

S'en emparant vivement, il le plaça devant son visage, puis l'abaissa en s'écriant :

— Coucou !

A son grand soulagement, Jessie ouvrit de grands yeux et le volume de ses pleurs diminua sensiblement. Il réitéra sa mimique. Cette fois, l'enfant se contenta d'un petit hoquet : elle ne riait pas encore comme avec Savannah, mais au moins elle s'était calmée. Mike poursuivit son petit jeu avec de plus en plus de conviction, et l'enfant éclata bientôt de rire. Un rire joyeux qui fit trembler tout son petit corps. Victoire ! Mike avait l'impression d'avoir remporté la plus grande bataille de sa vie.

— Oh, mon ange, tu es adorable ! s'écria-t-il.

Là-dessus, il lança un enthousiaste « coucou » avant de disparaître de nouveau derrière le journal.

— Il faut que je te prenne en photo, sinon, ta mère ne croira jamais que je t'ai fait rire aux éclats, ajouta-t-il, riant de concert.

Quasiment en liesse, il sortit Jessie du maxi cosy pour tenter de nouveau de lui donner son biberon.

Cette fois, Jessie attrapa elle-même le biberon avec ses petites mains, et Mike alla s'installer dans un fauteuil du salon pour qu'elle boive tranquillement, sans oublier de lui attacher une serviette autour du cou.

Et, tandis que Jessie tétait docilement tout en jouant avec son biberon, il remerciait le ciel et admirait l'enfant. Il commençait à comprendre pourquoi Savannah était aussi fascinée par Jessie. Finalement, c'était une fillette délicieuse. Gentiment, il toucha ses petits doigts potelés qu'elle referma alors autour de son propre doigt.

— Tu es un petit cœur, murmura-t-il.

A cet instant, comme pour le remercier du compliment, Jessie cessa de téter afin de lui adresser son plus beau sourire, puis reprit la tétine. Il sentit son cœur fondre... Instinctivement, il se pencha vers l'enfant pour lui baiser le front.

Une fois le biberon terminé, il la jucha sur son épaule et la berça doucement tout en lui tapotant légèrement le dos, ainsi qu'il avait vu Savannah le faire. Puis il la monta dans sa chambre et la déposa sur son tapis d'éveil. Prenant une marionnette, il se mit à l'agiter devant elle. Jessie poussa des cris de joie.

Ce soir-là, Savannah ne rentra pas avant 21 heures, épuisée. Le silence qui régnait dans la maison l'alarma immédiatement.

— Mike ? appela-t-elle, tendue.

Gravissant en toute hâte les marches, elle aperçut un rai de lumière sous la porte de Jessie. Doucement, elle poussa la porte et découvrit alors un spectacle attendrissant : Mike était assis dans le fauteuil, Jessie sur son épaule. Et tous les deux étaient endormis.

Comment s'en était-il sorti ? se demanda-t-elle en souriant affectueusement. De toute évidence, assez bien ! Sans faire de bruit, elle voulut prendre l'enfant pour la déposer dans son lit. Mais dès qu'elle se pencha, Mike ouvrit les yeux.

— Ah, tu es rentrée ! dit-il d'une voix endormie.

— Oui, répondit-elle en chuchotant. Je ne voulais pas te réveiller, juste mettre Jessie dans son berceau.

— Je m'en charge, dit-il en se levant.

— Merci, Mike.

Il mit Jessie au lit sans que l'enfant pousse le moindre gémissement.

— Sortons de cette pièce avant de la réveiller, chuchota-t-il.

Ils se rendirent dans le salon, où Mike alluma une petite lampe avant de mettre un CD de musique classique.

— Que veux-tu boire ?

— Un soda bien frais, s'il te plaît.

— As-tu dîné ?

— J'ai mangé un sandwich vers 19 heures, merci. Eh bien, raconte ! Comment s'est passé ton après-midi avec Jessie ?

— Nous nous sommes *très* bien entendus, annonça fièrement Mike.

— Vraiment ? fit Savannah en fixant la tache qui maculait toujours son T-shirt.

— Oui, je t'assure. Au goûter, elle a d'abord refusé sa compote, mais c'était parce qu'elle venait juste de se réveiller.

Mike étant parti chercher des cannettes de soda, Savannah en profita pour retirer ses chaussures et détacher ses cheveux, puis secoua la tête en arrière pour les dénouer.

Quand elle se redressa, ce fut pour découvrir le regard de Mike scotché à elle.

— Tu es belle, Savannah, chuchota-t-il.

— Merci, répondit-elle avec un sourire, en portant la main à son front.

— Tu as la migraine ?

— Légèrement. Ce doit être à cause de ce dossier compliqué sur lequel je travaille en ce moment.

— Allonge-toi, je vais te faire un massage pour te détendre.

— Avec plaisir ! Même si je risque de m'endormir. J'espère que tu ne m'en voudras pas si cela arrive ? Je suis si fatiguée… Demain, j'ai exceptionnellement rendez-vous à 10 heures avec Troy. Cela t'ennuierait-il de t'occuper encore de Jessie ?

— Pas du tout, répondit Mike, lui-même surpris de découvrir qu'il en avait réellement envie.

Un merveilleux sourire éclaira alors le visage pâle de Savannah, qui s'allongea sans plus de façons sur le ventre afin qu'il puisse la masser.

— Tu es tendue, constata-t-il en lui frictionnant les épaules.

— Ce fut une dure journée ! soupira-t-elle avant de demander sur le ton de la confidence : Dis-moi la vérité, Mike. Tout s'est-il réellement *très bien* passé avec Jessie ?

— Mais oui ! Après avoir crié à pleins poumons pendant une bonne demi-heure, elle a changé d'avis et décidé qu'elle m'aimait bien.

— Ça me fait plaisir, je savais qu'elle finirait par se montrer raisonnable.

— Et toi, finiras-tu un jour par te montrer raisonnable avec moi ? lui chuchota-t-il à l'oreille d'un ton enjôleur.

Savannah émit un petit rire, et frissonna lorsqu'il déposa un bref baiser dans sa nuque.

— Oh, oh ! tu es censé me faire un massage, rappela-t-elle.

Il se redressa et se remit à la masser. Quelques minutes plus tard, à sa respiration régulière, il constata qu'elle s'était endormie.

Attendri, il la recouvrit d'une couverture, puis la contempla longuement. Le désir lui cinglait les reins. Malheureusement, Savannah était bien trop fatiguée ce soir pour qu'il envisage d'entreprendre quoi que ce soit. Demain, peut-être…

Eteignant la lumière, il sortit de la pièce à pas feutrés.

8.

Savannah s'étira et ouvrit les yeux.

Pourquoi se trouvait-elle sur ce canapé ? Ah oui ! Mike était en train de lui faire un massage… Elle regarda la pendule : 1 heure du matin. Zut, elle s'était endormie pendant le massage !

Elle bâilla à s'en décrocher la mâchoire, monta dans sa chambre tout ensommeillée, se déshabilla rapidement et se glissa tout aussi promptement entre les draps. Tant pis pour le démaquillage !

Elle venait à peine de se rendormir que des pleurs l'arrachèrent au sommeil.

Jessie ! C'était l'heure du biberon.

Elle se précipita hors de son lit, calma rapidement sa fille, la changea, puis l'emmena dans la cuisine pour la nourrir. Alors qu'elle sortait le biberon du four à micro-ondes, elle sentit une présence derrière elle. Elle se retourna vivement et étouffa un petit cri : Mike se trouvait sur le seuil de la porte.

— Tu m'as fait peur, lui dit-elle, surprise, en notant au passage qu'il portait une veste et des bottes.

Il ne sortait donc pas de son lit !

— Que faisais-tu dehors à cette heure-ci ? s'enquit-elle en sourcillant.

118

Mike ne répondit tout d'abord pas, se contentant de la fixer. Savannah prit alors conscience qu'elle n'était vêtue que d'une simple nuisette.

— J'avais à faire, répondit-il laconiquement.

Là-dessus, il traversa la pièce pour venir caresser la joue de Jessie. L'enfant avait attrapé le biberon à deux mains et tétait avec conviction, indifférente à la tension qui régnait entre les adultes.

Le cœur de Savannah battait très fort et elle ne pouvait détacher ses yeux de Mike.

— D'où viens-tu ? insista-t-elle.

Naturellement, il n'avait pas de compte à lui rendre sur ses allées et venues au milieu de la nuit, mais tout de même !

Soudain, elle se rendit compte qu'une bretelle de son déshabillé avait glissé de son épaule. Elle la remonta vivement tandis que les yeux de Mike s'attachaient à ses doigts.

Elle releva la tête pour se heurter, cette fois, à l'impact de son regard sombre.

— Ne cherche pas à comprendre, Savannah, dit-il alors.

Puis, sans prévenir, il se pencha vers elle et lui déposa un baiser sur la nuque. Un baiser qui lui déclencha une cascade de frissons dans le dos...

Elle se sentit soudain en danger.

— Mike, laisse-moi nourrir Jessie en paix, protesta-t-elle faiblement.

Et, sans ajouter un mot, elle se leva, décidée à poursuivre le repas à l'étage et à échapper ainsi au regard intense de Mike.

Une fois installée dans le rocking-chair, elle repensa à la scène qui venait d'avoir lieu. Que faisait donc Mike à cette heure-ci dehors ? D'où venait-il ?

Qui plus est, le baiser brûlant qu'il lui avait donné embrasait encore ses sens. Seigneur, il l'avait définitivement déstabilisée ! Allait-elle pouvoir se rendormir ?

Après que Jessie eut terminé son biberon, Savannah la berça un moment, fredonnant une berceuse tout en lui donnant des petits baisers sur les cheveux. Enfin, elle la replaça dans son berceau, se pencha pour l'embrasser une ultime fois et se détourna.

Pour la deuxième fois dans la soirée, elle sursauta : Mike se tenait sur le seuil de la porte.

— Que fais-tu là ? demanda-t-elle, le souffle court.

— J'attendais que tu aies fini de donner son biberon à Jessie.

— Si tu veux parler, très bien. Je suis prête à t'écouter, même s'il est fort tard. Néanmoins, laisse-moi d'abord enfiler mon peignoir.

Comme elle s'apprêtait à quitter la pièce, Mike l'en empêcha en plaçant d'autorité son bras en travers de la porte.

— Il me semble que nous avons quelque chose à terminer, toi et moi, murmura-t-il.

— Mike, c'est le milieu de la nuit, plaida-t-elle.

— Quelle importance ! dit-il, la prenant dans ses bras.

— Mike, non !

Mais il la tenait fermement... et à vrai dire elle protestait pour la forme, car en toute sincérité elle devait bien admettre qu'un puissant désir la consumait.

Cédant brusquement à ses pulsions, elle noua ses bras autour du cou de Mike et s'abandonna au baiser fougueux qu'il lui donnait. La langue de son partenaire se mêlait à la sienne, tandis qu'il pressait impérieusement ses hanches contre elle dans un élan possessif qui la troubla profondément.

Sans détacher sa bouche de la sienne, Mike l'entraîna alors vers sa chambre et referma la porte derrière eux.

D'une main habile, il fit glisser les bretelles de sa nuisette, dont l'étoffe tomba en corolle aux pieds de Savannah. Mike retira alors vivement son T-shirt…

Fascinée par son corps ferme et musclé, emportée par le tourbillon du désir, Savannah en oublia toutes ses résolutions. Il y avait si longtemps qu'elle rêvait inconsciemment de cet instant ! Elle posa ses doigts sur son torse tandis que Mike, le souffle court, refermait ses paumes sur ses seins. Puis il se mit à les palper sensuellement… Si sensuellement que des ondes de volupté étreignaient déjà le corps de Savannah. Elle s'agrippa à Mike, effrayée par la force du plaisir qui menaçait de la submerger.

— Mike, je t'en prie…, commença-t-elle.

— De quoi me pries-tu ? demanda-t-il d'une voix langoureuse. De te faire ceci ?

Ce disant, il se pencha pour capturer l'un de ses seins et en titiller le bout avec sa langue. Elle poussa un gémissement puis rejeta la tête en arrière, prisonnière de son propre désir.

— Ou cela ? poursuivit-il sur le même ton.

A présent, il caressait doucement son entrecuisse, et elle se mordit la lèvre pour ne pas crier, incapable de l'en empêcher. Au contraire, elle s'accrochait à lui comme s'il était son seul pilier dans un monde qui s'était mis à vaciller et à échapper à tout contrôle.

— Eh bien, réponds-moi, Savannah, insista-t-il dans un chuchotement languide. A moins que tu ne préfères ça ?

Il venait d'introduire la main sous l'élastique de son slip…

Savannah se cambra. Elle le désirait avec une intensité qu'elle n'avait jamais ressentie auparavant, tout en sachant pertinemment qu'elle n'aurait jamais dû s'abandonner de cette façon avec lui. Les yeux fermés, comme possédée, elle laissait errer ses doigts sur ses larges épaules, sur son ventre plat et musclé... Si parfait, si tentant...

Rouvrant les paupières, elle vit briller dans le regard de Mike le même désir que celui qui la dévastait.

— Oh, Mike, tu vas trop vite pour moi ! gémit-elle dans un sursaut de raison.

— Trop vite ? marmonna-t-il. Non, au contraire, j'ai attendu bien trop longtemps. Néanmoins, si tu m'ordonnes d'arrêter, je m'exécuterai. Eh bien, vas-y, Savannah, dis-moi d'arrêter...

Tout en prononçant ces mots avec une provocation consommée, Mike précisait ses caresses pour atteindre les plis les plus intimes de sa chair. Ses mains semaient la tempête dans son être, allumaient mille incendies...

— Mike...

Son murmure n'était pas une protestation, plutôt un consentement ! constata-t-elle alors, consternée. Ah, assez ! Puisant dans ses ultimes ressources, elle ordonna vivement :

— Non, arrête, Mike ! Je ne suis pas prête.

— Très bien, puisque tu me le demandes, j'arrête, mais je sais qu'au fond tu meurs d'envie que je continue. Tout ton corps me crie le désir qu'il éprouve, Savannah.

— Ce n'est pas nouveau, Mike, nous savons tous deux depuis le début que nous sommes attirés l'un par l'autre. Cependant, je t'ai précisé que je n'étais pas prête pour la relation que toi tu envisages.

— Savannah, nous sommes mariés ! lui rappela-t-il alors en faisant glisser ses lèvres entrouvertes le long de son cou. Pourquoi montrer tant de résistance envers quelque chose que nous voulons tous les deux et qui pourrait être si merveilleux ?

— Parce que tu me plais trop, répondit-elle en enserrant ses joues rugueuses entre ses mains. Je ne veux pas tomber amoureuse de toi pour assister ensuite, impuissante, à ton départ. Le plaisir passé ne compensera jamais la douleur que j'éprouverai alors.

— Profite du moment sans tomber amoureuse, insinua-t-il.

— Désolée, mais je ne peux pas être aussi désinvolte. D'ailleurs, je ne souhaite pas prendre une éventuelle relation avec toi à la légère.

— Savannah, je te désire, j'ai envie de toi ! De t'aimer toute la nuit, de découvrir toutes les parcelles de ton corps… Mais je peux attendre, car je sais que tu finiras par céder et que j'obtiendrai ce que tu me refuses encore.

Savannah soupira.

Les promesses brûlantes qui dansaient au fond des yeux noirs de Mike étaient bien tentantes. Elles lui donnaient envie de prendre sans plus réfléchir ce qu'il lui offrait, de s'immerger dans le monde qu'il lui proposait d'explorer, ce monde fabuleux fait d'ivresses inconnues. Oh, oui ! Avec Mike, elle savait d'emblée que les étreintes seraient enivrantes — tout comme elle pouvait être certaine qu'il l'abandonnerait ensuite.

Or, elle connaissait trop la déchirure de l'abandon et ses répercussions désastreuses pour prendre un tel risque.

Se dégageant prestement des bras de Mike, elle se baissa pour ramasser son déshabillé, l'enfila rapidement et décréta en plongeant les yeux dans les siens :

— Va-t'en, maintenant !

— Plus tard, tu me demanderas de revenir.

— Tu es bien présomptueux.

— Je connais tes désirs mieux que toi-même, dit-il, un mince sourire au coin des lèvres. Bonne nuit, trésor.

A ces mots, il lui posa un baiser sur le menton, avant d'enfouir fougueusement sa tête dans la vallée de ses seins.

— Mike ! dit-elle au supplice en fermant les yeux, prête finalement à se laisser aimer toute la nuit, quitte à le regretter toute la vie.

Mais quand elle rouvrit les paupières, il était parti, la laissant seule face à son désir et à ses tourments. Seule, incertaine, et si vulnérable !

Dévastée, elle referma la porte de la chambre, alluma la lampe de chevet, et demeura prostrée un bon moment sur le rebord de son lit.

Seul Mike aurait été en mesure d'apaiser ses frustrations. Mais, après lui avoir si vaillamment résisté, elle ne pouvait tout de même pas lui courir après ! Soudain, elle se rappela que Mike, tout à l'heure, revenait d'une expédition nocturne.

Les nerfs à fleur de peau, elle se leva pour s'approcher de la fenêtre et regarder les ombres danser sur la pelouse. Où avait-il bien pu se rendre au cœur de la nuit ? Que faisait-il ?

Mille questions, mille doutes la tourmentaient.

Savannah finit par s'assoupir à l'aube, vaincue par la fatigue, si bien que lorsque son réveil sonna, elle l'entendit à peine dans les brumes du sommeil. Elle se redressa sur un coude, croyant avoir entendu Jessie… Non, rien. Curieux ! Allons, courage ! De toute façon, elle devait se lever.

Repoussant la couverture, elle se leva et fonça sous la douche. Puisque Jessie dormait encore, elle avait le temps de se préparer rapidement.

Une fois prête, elle se précipita vers la chambre de Jessie… pour la trouver vide !

Surprise, voire vaguement inquiète, elle descendit en toute hâte l'escalier et s'immobilisa devant la porte du salon :

Agenouillé devant le maxi cosy, un ours en peluche à la main, Mike était en train de jouer avec Jessie. Il imitait de petits grognements d'ours tout en agitant la peluche, avant de toucher avec le museau de celle-ci le ventre de Jessie et de faire claquer un baiser en l'air. L'enfant riait aux éclats et, ravi, Mike recommençait.

Savannah sentit son cœur fondre... et comprit qu'elle venait de tomber définitivement amoureuse de cet homme qui la quitterait dès qu'il le pourrait.

Jusque-là, quand elle se sentait sur le point de lui succomber, l'idée que Mike ne s'intéressait pas à Jessie parvenait toujours à la rappeler à l'ordre. Mais à présent... Le fixant intensément, elle eut la douloureuse certitude que son ultime garde-fou venait de se rompre.

Mike ne s'était pas rasé, il était nus pieds, torse nu, mal peigné... et le spectacle qu'il formait avec l'enfant était si envoûtant qu'elle aurait pu passer des heures à les admirer.

— Je croyais que tu n'aimais pas les enfants, finit-elle par dire.

Lentement, Mike se tourna vers elle.

— Je t'en prie, reste près d'elle, ajouta-t-elle comme il esquissait un mouvement pour se relever. Elle a l'air si heureuse ! Mais dis-moi, depuis quand vous entendez-vous si bien, tous les deux ?

— Depuis hier, répondit Mike en gratifiant l'enfant d'un regard si attendri que la gorge de Savannah se noua. Elle a enfin compris que je n'étais pas un ogre, et elle et moi sommes amis à présent, n'est-ce pas, mon trésor ?

Et il lui chatouilla le menton avec la peluche. Jessie émit un petit gazouillement, puis elle attrapa les deux joues de Mike avec ses mains potelées, tandis que celui-ci faisait mine de la dévorer de baisers et qu'elle riait aux éclats.

Tournant enfin la tête vers Savannah, il se releva et l'enveloppa de son beau regard.

— Tu vois, on est amis. Eh bien, qu'en dis-tu ?

— Je suis ravie de votre entente.

— Ravie ? Tu n'en as pas tellement l'air, décréta Mike en l'observant attentivement.

— Je le suis… Seulement, la contrepartie m'effraie. Tant que tu ne t'intéressais pas à Jessie, je m'accrochais à cette idée pour te résister ! A présent, je sens que je vais être en grande difficulté.

— Je t'avais prévenue, dit-il d'un petit air satisfait en lui soulevant le menton. Et si tu n'avais pas rendez-vous avec ton associé ce matin, je t'aurais déjà déshabillée pour reprendre là où nous en étions restés hier soir. Permets-moi juste de t'embrasser.

Le baiser de Mike ralluma le feu qui avait couvé en elle durant toute la nuit, et elle manqua en oublier Troy, son travail, le monde, bref, tout ce qui n'était pas lui.

Elle finit pourtant par le repousser courageusement.

— Ce n'est pas juste ! Tu es trop sexy, trop séduisant. La preuve, tu es même parvenu à séduire Jessie !

— Tout se passe en dépit de ma volonté. Je n'en tire aucun profit, au contraire.

— Ne fais pas le modeste ! Tu as parfaitement compris le profit que tu peux tirer de tout cela. Tu es venu à bout de ma résistance, et à présent tu vas exploiter ma faiblesse…

— Savannah, répliqua Mike en prenant fermement son visage entre ses mains. Tu as fait irruption dans ma vie et tu l'as métamorphosée pour toujours.

— Je ne vois pas en quoi j'aurais affecté de façon définitive le cours de ta vie !

— Tu as fait en sorte que je m'intéresse à cette enfant, ce qui représente chez moi un changement radical !

— Tu découvres enfin que tu as un cœur, Mike, c'est tout. John Frates l'avait manifestement deviné avant toi. Je savais bien que son jugement n'était pas entièrement erroné.

— Non, c'est *toi* qui m'as transformé, Savannah. Je te désire, et je te jure que tu seras bientôt à moi...

Le repoussant, elle fit un pas vers la porte.

— Je... je suis en retard, balbutia-t-elle, il faut que je file. Es-tu certain que tu vas t'en sortir avec Jessie ? Tu ne veux pas que je fasse quelque chose avant de partir ?

Mike lança un regard confiant à l'enfant.

— Nous allons nous en sortir tous les deux, assura-t-il.

— Parfait, dit-elle, avant d'ajouter d'un air pensif : si tu as un cœur, au fond, tu dois pouvoir aimer et être aimé. Je parle d'amour véritable, pas d'engouement passager...

— Ne te fais tout de même pas trop d'illusions.

— Rassure-toi, je ne te surestime pas, dit-elle avec un sourire.

— Quand rentres-tu à la maison ?

— J'essaierai de rentrer déjeuner, mais je ne te promets rien.

Elle s'apprêtait à sortir mais, n'y tenant plus, elle demanda encore :

— Où étais-tu la nuit dernière ?

— A la recherche d'un cheval.

— L'étalon de Wyatt ?

— Oui, et je l'ai trouvé. Je suis sûr qu'on pourra le récupérer facilement.

— Où est-il ? Qui l'a volé ?

— Les soupçons de Wyatt étaient exacts. Il y a des vauriens dans la région qui en veulent à sa famille, même si d'après ce que j'ai cru comprendre, les Wyatt sont appréciés dans le pays.

Elle l'écoutait avec attention, mais la vue de son torse nu l'empêcha bientôt de se concentrer sur ce qu'il disait... Soudain, elle se rendit compte qu'il s'était tu. Elle releva alors les yeux et se heurta à son regard moqueur.

Elle se sentit rougir, et enchaîna rapidement :

— Comment as-tu retrouvé le voleur ? Et d'abord, es-tu certain qu'il s'agit bien du cheval de Wyatt ?

— Il est dans le pré de Rory Gandy et porte la marque de la maison Wyatt.

— Si je comprends bien, tu t'es introduit dans la propriété des Gandy la nuit dernière pour vérifier son tatouage ? interrogea-t-elle, contrariée.

— Et alors ? Personne ne m'a vu. Ce n'est tout de même pas toi qui vas me dénoncer.

— Ils auraient pu te tirer dessus pour t'être introduit illégalement chez eux. Tu n'es pas à Washington ici, mais au Texas, lui rappela-t-elle vivement.

— A quoi sert-il de spéculer sur ce qui n'est pas arrivé ? demanda-t-il avec bonhomie. Maintenant, nous savons où est le cheval, c'est beaucoup mieux.

— Et que comptes-tu faire exactement ? Le reprendre ?

— Bien sûr que non ! Je vais recourir à une procédure légale, lancer une perquisition.

— Dis-moi concrètement comment tu comptes t'y prendre !

— Savannah... Tu vas être en retard, non ?

— Je suis sûre que tu ne veux rien me dire parce que tu vas recourir à des moyens illégaux.

— Pas du tout, même si en tant qu'avocate je crains que tu ne désapprouves mes méthodes... Bon, je vais faire en sorte de piéger Gandy afin que...

— Piéger Gandy ? Effectivement, cela ne me plaît guère. Dis-moi, Mike, prends-tu souvent de tels risques ?

— Non, je t'assure, c'est la première fois. T'inquièterais-tu pour moi, ma chérie ? Ou aurais-tu des scrupules ? demanda-t-il en lui adressant un sourire diabolique.

Savannah le fixa un instant, hésita, puis éclata de rire :

128

— Décidément, tu es incorrigible ! Bon, cette fois je file. je suis en retard à cause de toi. Et qui plus est, je vais désormais me faire du souci pour toi.

— Flatté de savoir que tu te soucies de moi ! Grâce à cette pensée réconfortante, je vais passer une excellente journée.

Préférant ne pas épiloguer, elle tourna les talons.

9.

Tout comme la veille, Savannah rentra fort tard ce soir-là. Pénétrant dans la cuisine, elle s'immobilisa brusquement : derrière les parois vitrées qui donnaient sur le patio, elle venait de distinguer une table dressée avec verres en cristal et chandeliers. Des odeurs délectables emplissaient par ailleurs la maison.

Mike fit irruption dans la cuisine. Il était rasé de près, et dans son jean et son T-shirt noir, il était, s'avoua-t-elle, d'une beauté particulièrement troublante.

— Ah, te voilà tout de même ! observa-t-il comme pour se donner une contenance.

— Je suis impressionnée. As-tu fait tout cela pour moi ?

— Oui, dit-il d'un ton modeste en ouvrant une bouteille de vin.

Il remplit deux verres et lui en tendit un.

— Merci, répondit-elle dans un sourire. Où est Jessie ?

— Je l'ai mise au lit il y a dix minutes environ, et elle dort déjà. Elle a pris un dîner si copieux que je parie qu'elle va dormir toute la nuit sans se réveiller.

Elle lui adressa un regard sceptique.

— Que lui as-tu donné exactement ?

— Son biberon, qu'elle a bu jusqu'à la dernière goutte, plus une bouillie et une compote qu'elle a dévorées sans m'éclabousser, répondit-il fièrement. La soirée est à nous, Savannah.

Nous allons juste prendre le babyphone dans le patio, de façon à l'entendre au cas improbable où elle se réveillerait.

Hum, hum... Mike avait donc tout prémédité, ce soir ! se dit-elle, excitée malgré elle.

— Que dirais-tu d'un petit plongeon dans la piscine, en guise d'apéritif ?

— Excellente idée ! Je suis un peu frustrée de ne pas pouvoir profiter de Jessie ce soir, mais je me rattraperai demain. J'aurai toute la journée pour moi. Bon, je vais me changer.

— Besoin d'aide ? demanda-t-il d'un ton suggestif.

— Non, merci, répondit-elle en riant.

Oublié le cas difficile sur lequel elle avait travaillé d'arrache-pied toute la journée ! Savannah grimpa l'escalier d'un pas allègre, revigorée à l'idée de l'agréable soirée qui l'attendait. Mike et elle avaient déjà nagé dans la piscine, mais jamais en même temps, se rappela-t-elle en enfilant un maillot de bain noir d'une pièce.

Lorsqu'elle redescendit, le patio était baigné d'une lumière dorée et des notes de jazz s'égrenaient en arrière-fond. Le barbecue était allumé, et une odeur de thym et de feu parfumait agréablement l'air. Le carrelage bleu de la piscine brillait à travers l'eau, les spots lui conférant l'aspect d'un joyau enserré dans l'écrin de la nuit.

Mais Savannah, pour sa part, était plus particulièrement attirée par la silhouette virile qui se mouvait dans l'eau claire. Sans hésiter, elle plongea à son tour. Lorsqu'elle refit surface, ce fut pour se retrouver nez à nez avec Mike.

Les yeux de ce dernier pétillaient de malice lorsqu'il lui demanda :

— Te souviens-tu de Jester ?

— Oh non ! s'écria Savannah en s'éloignant à la hâte. Tu n'es tout de même pas animé d'un sentiment aussi vil que la vengeance !

131

Mike éclata de rire tout en la rattrapant sans mal. Elle se débattit vaillamment, mais dut déclarer forfait et se résoudre à fermer la bouche lorsqu'il lui mit la tête sous l'eau. Elle remonta promptement et, mue par un esprit de revanche, frappa la surface de l'eau du plat de la main pour l'éclabousser.

— Mike Remington, c'est déloyal, s'exclama-t-elle en riant à son tour.

Il lui plaqua alors les bras autour des hanches avant d'emmêler ses jambes aux siennes.

Elle plongea alors ses yeux dans les siens et vit le désir affleurer dans leurs noires profondeurs... Son cœur s'affola lorsqu'elle réalisa que leurs corps dénudés étaient pressés l'un contre l'autre, leurs jambes enchevêtrées, et que Mike resserrait leur étreinte en enlaçant sa taille.

— Savannah...

Son timbre était rauque, lascif et, d'un mouvement possessif, il s'empara de sa bouche.

Progressivement, elle perdit la notion du temps et de l'espace. La sensation du corps de Mike contre le sien, de sa virilité de plus en plus présente à mesure qu'il approfondissait son baiser, était désormais sa seule réalité. Toutes les frustrations accumulées explosaient dans ce baiser enflammé.

Elle caressa éperdument dans l'eau les épaules chaudes et fermes de Mike, son dos musclé, ses hanches sveltes... Quant à lui, il venait de saisir les bretelles de son maillot de bain qu'il faisait à présent doucement glisser le long de ses bras pour dénuder sa poitrine. Ne songeant pas un instant à le repousser, elle frissonna, avide de ses mains sur sa peau...

— Tu es belle, dit-il d'une voix voilée tout en se penchant pour capturer un de ses seins.

Des ondes électriques traversèrent son être tandis que la langue de Mike l'entraînait dans un délicieux tourment. Ce faisant, il

132

continuait de la dépouiller de son maillot qui flotta bientôt tout seul à la surface de la piscine. Il retira alors le sien…

Prestement, comme s'ils étaient convenus auparavant de la chorégraphie, Savannah glissa la main entre eux, et ses doigts se refermèrent sur sa virilité.

Mike poussa un grognement. Son baiser redoubla d'ardeur et ses mains coururent en tout sens sur son corps telles des langues de feu, attisant son désir.

Alors, soudain, elle prit peur : qu'allait-il advenir d'elle ?

S'arrachant impulsivement à son étreinte, elle s'éloigna vers le bord de la piscine. Naturellement, il la rattrapa et plaqua ses mains sur ses hanches.

— J'ai envie de toi, Savannah, haleta-t-il contre son cou. Je te désire depuis le premier jour, et mon désir ne fait que croître.

A ces mots, le cœur de Savannah se mit à battre une folle chamade. Il fallait absolument qu'il comprenne, car elle-même ne répondait plus de rien.

— Mike, haleta-t-elle, épargne-moi. Tu sais que je partage ce désir, et tu sais pourquoi je te résiste : tu es si mystérieux, tu me dissimules tant de choses ! Au fond de tes yeux, je vois tous les secrets que tu ne veux pas livrer. Une partie de toi est fermée à double tour, et il est évident que je ne pourrai jamais y accéder.

A ces mots, une curieuse lueur s'alluma dans les prunelles de Mike, puis celles-ci s'assombrirent brusquement et il l'attira à lui pour l'embrasser de nouveau.

Il ne niait pas, ce qui signifiait qu'elle avait vu juste !

Il ne cherchait pas pour autant à se justifier, pas plus qu'il ne lui promettait quoi que ce soit. Non, les promesses, ce n'était pas sa spécialité, pensa-t-elle avec amertume.

Irritée, elle tenta de se dégager. Cette fois, Mike ne chercha pas à la retenir, et tous deux se firent face, haletants, pâles, à la

133

merci de ce désir qui ne leur laissait aucun répit, qui semblait même se jouer d'eux.

— Ce qui nous sépare toi et moi, c'est l'objet même de notre désir, lança-t-elle. Toi, tu recherches l'union des corps, moi, celle des âmes.

— Si tu t'aventures sur ce terrain, tu risques de le regretter, répondit Mike d'un ton cinglant.

Là-dessus, il plongea la tête sous l'eau et se mit à nager lentement vers le bord de la piscine, comme au ralenti.

Savannah l'observait, bouleversée.

Contre tout bon sens, il avait fallu qu'elle tombe amoureuse de cet homme. Elle s'en était rendu compte ce matin, et elle en avait la confirmation ce soir.

Quels étaient ces secrets qu'il gardait si jalousement ? S'agissait-il de pans inavouables de sa carrière passée ? Parmi les informations qu'elle avait rassemblées sur lui, elle n'avait rien trouvé de compromettant. Depuis son enfance, il semblait proche de son entourage. Elle se rappela la façon dont il avait reçu la famille de Colin Garrick à leur mariage : avec une grande émotion, les yeux emplis de larmes. Il lui avait dit que Colin était mort dans l'exercice de ses fonctions, mais n'avait pas souhaité s'attarder sur l'épisode, préciser par exemple en quoi ces fonctions consistaient… Le seul récit qu'il avait bien voulu lui concéder, c'était le sauvetage de John Frates.

Mike sortit souplement de la piscine en prenant appui sur le bord avec ses mains, puis se dirigea nonchalamment vers la chaise longue où l'attendait sa serviette. Le cœur de Savannah se mit à battre à toute allure dans sa poitrine : il était entièrement nu.

Une nudité parfaite. Des muscles durs, de longues jambes, de larges épaules… Sans compter son excitation ! Il s'enveloppa tranquillement dans la serviette et entra dans la maison.

Qui plus est, il ne paraissait nullement ému de s'exhiber devant elle ! Cherchait-il à la provoquer, ou agissait-il de façon naturelle ? Lui en voulait-il d'avoir fait allusion aux secrets de son passé ?

Elle alla récupérer leurs maillots de bain respectifs qui flottaient sur l'eau. Puis elle sortit de la piscine et s'enroula dans sa serviette, avant de rentrer à son tour s'habiller.

Elle revêtit une jupe en jean, un bustier à fleurs, chaussa des sandales, brossa rapidement sa chevelure et redescendit dans le patio.

Mike s'y trouvait déjà. Il portait les mêmes vêtements que tout à l'heure, mais ses cheveux mouillés, lissés en arrière, lui donnaient un air dangereux.

— J'ai mis l'entrecôte sur le barbecue, elle sera bientôt cuite, annonça-t-il en lui tendant son verre. As-tu passé une bonne journée ?

Il était charmant, impassible, comme si rien n'était arrivé dans la piscine. Soit ! Après tout, s'il préférait le prendre sur le ton de la désinvolture...

— Nous avons bien avancé sur le dossier qui mobilise notre énergie en ce moment, répondit-elle. Et de ton côté, la journée a-t-elle été agréable ?

— Jessie et moi avons passé une merveilleuse journée ensemble. C'est une adorable petite poupée. Comme tu le sais, c'est la première fois que je m'occupe d'un bébé, et ce n'est pas toujours évident pour moi, mais j'avoue que Jessie est irrésistible.

— Vous avez fini par sympathiser, tous les deux ! Les miracles s'arrêteront-ils un jour ?

— J'en suis aussi étonné que toi, tu sais.

— Donc, tu ne regrettes pas trop ce mariage ?

Se penchant vers elle, il effleura sa joue doucement — mais ô combien érotiquement.

— Je ne regrette *rien* depuis que nous avons prêté serment !

— Ce n'est pourtant pas l'impression que tu donnais juste après la cérémonie…

— Peut-être, mais après avoir dansé avec toi, les doutes que je pouvais avoir se sont définitivement envolés.

Savannah se permit un sourire mélancolique : si, comme il l'affirmait, il n'avait pas de regrets, il ne lui avait pas pour autant fait de promesses. Et elle savait pertinemment qu'il la quitterait dans moins d'un an.

Sur une impulsion, elle déclara :

— Tu sais que si nous ne consommons pas le mariage, nous pouvons le faire annuler. C'est une procédure bien plus simple qu'un divorce.

— Bon, je vais chercher la viande, décréta Mike, apparemment désireux de changer de conversation.

— Est-ce que je peux t'aider ?

— J'ai fait une salade et préparé des pommes de terre au four. Tu peux les apporter sur la table, si tu veux.

— Wouah ! Je ne te connaissais pas ces talents !

— Il y a en encore beaucoup chez moi que tu ignores, ma toute belle. Je t'en montrerai quelques-uns quand nous aurons dîné.

La cuisine était excellente, mais Savannah n'eut pas grand appétit : celui-ci s'était évanoui sous le regard brûlant du cuisinier !

Depuis l'épisode de la piscine, elle n'avait qu'une envie : se blottir dans les bras de Mike. Ils étaient aujourd'hui mariés et elle était consciente que, même si leur mariage ne durerait pas, il demeurerait probablement le grand et unique amour de sa vie.

Ce soir, il lui jouait le grand jeu de la séduction et, bien qu'elle n'en soit absolument pas dupe, elle en appréciait chaque instant.

— On danse ? demanda-t-il en posant sa serviette.

Comme dans un sortilège, elle se leva, et ils se mirent à danser au son de la musique autour de la piscine, enchaînés l'un à l'autre.

— Peut-être finiras-tu par changer, Mike, murmura-t-elle à brûle-pourpoint.

— Ne compte pas trop là-dessus, Savannah.

— Peut-être changerons-nous tous les deux.

— Qui sait ? Il est vrai que nous nous disputons moins qu'au début.

— Merci de t'occuper de Jessie, j'apprécie énormément.

— Je suis toujours prêt à de nouvelles expériences, fanfaronna-t-il.

— Alors cette nuit, c'est toi qui te lèveras quand elle pleurera ?

— Ah non, madame ! se défendit-il vertement. Vous avez voulu cette enfant, il ne s'agit pas à présent de vous défausser sur moi. J'ai assumé la journée, je passe le relais.

— Mike, tu es successivement irrésistible et impossible ! constata-t-elle. On ne sait jamais sur quel pied danser avec toi.

— A la façon dont tu viens de prononcer la sentence, je présume que les moments irrésistibles sont quand même plus nombreux que les moments impossibles, dit-il en resserrant son étreinte.

Le rythme de la musique s'accéléra.

Mike relâcha Savannah pour se mettre à danser devant elle, soutenant son regard de façon provocante, aussi agile qu'un félin, et en retour elle se déhancha sensuellement.

137

Elle se sentait désireuse de faire tomber toutes les barrières affectives qu'il érigeait savamment entre eux. Lui, il savait tout d'elle : son enfance, ses peurs, ses espoirs, ses rêves. Elle voulait qu'il se livre à son tour, elle voulait faire en sorte qu'il tombe amoureux d'elle.

D'elle *et* de Jessie !

Subitement, il la saisit par la taille et se mit à l'embrasser à pleine bouche, avant de laisser glisser ses lèvres le long de son cou tandis que ses doigts commençaient à dégrafer son bustier.

Savannah ferma les yeux, consentante, savourant les sensations torrides qu'il faisait naître en elle. Elle poussa un petit cri sensuel lorsqu'il plongea le visage entre ses seins. Puis il lui retira entièrement bustier et soutien-gorge.

— Mike, gémit-elle, se sachant perdue.

— Cette nuit, tu ne m'échapperas pas, ma belle, marmonna-t-il tout en s'emparant d'un de ses seins, tandis que la brise de la nuit courait sur sa peau nue : nous désirons tous les deux la même chose.

Elle frissonna doublement. Hélas, il n'avait que trop raison !

Elle avait redouté ce moment, elle en avait rêvé, et voilà, il était arrivé.

— A tes risques et périls, Mike, murmura-t-elle. C'est ton cœur que je désire, c'est de toi tout entier que je veux m'emparer. Pour que tu restes pour toujours avec moi ! Tu ne pourras pas dire que je ne t'avais pas prévenu.

Il se contenta d'émettre un petit rire sceptique.

— Pour que les choses soient bien claires entre nous, dit-il à son tour, je te confirme que, de mon côté, c'est à ce corps merveilleux entre mes bras que je m'intéresse. Alors, à tes risques et périls, Savannah.

Il la provoquait sciemment, et tous deux se mesurèrent un instant.

Elle se rappela sa course folle dans l'aéroport, quand elle l'avait empêché de prendre l'avion pour le convaincre de l'épouser. N'était-elle pas finalement parvenue à ses fins ? Allons, il n'était pas aussi inflexible qu'il s'en donnait l'air. Qui sait…

— Quant à toi, fais attention à ton cœur, répliqua-t-elle audacieusement.

Ce disant, elle glissa la main vers son bas-ventre et, s'emparant de sa virilité, lui décocha un regard provoquant.

Enfouissant fébrilement ses doigts dans sa chevelure, Mike poussa un grognement et frémit longuement. Le cœur de Savannah se mit à caracoler.

— Embrasse-moi, Savannah, la supplia-t-il alors, sa bouche tout contre la sienne.

Elle s'exécuta, tandis que les mains de Mike la débarrassaient du reste de ses vêtements et s'égaraient sur sa peau brûlante, dans les recoins les plus intimes.

Néanmoins, même dans leurs ultimes enlacements, elle sentait leurs volontés respectives se mener un combat sans merci. Elle voulait le séduire pour la vie entière, il voulait la séduire pour quelques mois.

Finalement, il la souleva de terre pour la déposer sur une chaise longue, et fit courir ses lèvres entrouvertes le long de son corps, jusqu'à son entrecuisse qu'il embrassa longuement, sensuellement… Chavirée, Savannah poussa un gémissement aigu tandis qu'il attisait encore et encore le feu qui la brûlait.

Soudain, Mike releva la tête et fixa un point dans la nuit, haletant, cherchant à retrouver le contrôle de lui-même. Il la désirait trop pour la prendre rapidement.

Oh, il voulait lui faire l'amour toute la nuit, succomber aux griffes de la passion entre ses bras ! Non, jamais il n'avait désiré une femme aussi violemment…

Savannah était la plus belle femme qu'il ait jamais tenue contre lui. Il était sous l'emprise de sa beauté, de son charme. Jamais elle ne pourrait imaginer à quel point elle occupait son esprit, le nombre d'heures qu'il avait passées à penser à elle, combien de nuits d'insomnie elle lui avait valu. Aucune femme n'avait encore changé le cours de sa vie à ce point, perturbé son sommeil comme elle le faisait. Elle était présente dans tous ses rêves...

Et voilà que maintenant, ces rêves devenaient réalité : Savannah était dans ses bras, nue, désirable, excitée... Parviendrait-il à se rassasier d'elle un jour ?

N'y tenant plus, il sortit un préservatif de la poche de son jean.

Quelques secondes plus tard, il s'enfonçait dans ses profondeurs soyeuses.

Il se mit à remuer lentement au-dessus d'elle, cherchant à enflammer au maximum son désir, à la rendre folle. Il voulait qu'elle demande grâce, qu'elle le supplie de l'emmener jusqu'au bout...

Mais lorsque Savannah se mit à onduler sous lui, il perdit tout contrôle.

— Oh, mon amour ! gémit-il.

« Mon amour. »

Etait-ce bien ainsi qu'il l'avait appelée ? se demanda Savannah, les sens en tumulte.

Des sens auxquels elle s'abandonna elle aussi définitivement, criant le nom de son amant tandis que la volupté s'emparait de son être.

Ils chaloupèrent quelques instants encore, puis leurs corps s'immobilisèrent, leurs souffles se faisant de moins en moins haletants...

140

— Enfin tu m'appartiens, ma chérie, murmura-t-il en se redressant pour croiser son regard.

Le cœur de Savannah manqua un battement en percevant la chaleur qui émanait de la profondeur de ses prunelles. Jamais ils n'avaient été aussi proches l'un de l'autre, et elle ressentit une immense joie.

— Tu es si belle que je voudrais ne jamais cesser de te regarder, de t'embrasser et de te serrer contre moi.

— Difficile de faire les trois à la fois, dit-elle en souriant.

— Je le prends comme un défi !

Alors, tout en faisant courir ses mains le long de son dos, il l'embrassa fougueusement. Quand il releva la tête, Savannah rouvrit les yeux et déclara :

— Désolée, c'étaient *deux* choses à la fois. Tu ne m'as pas regardée en même temps.

— Bien sûr que si ! Mais tu fermais les yeux. Garde-les ouverts, et tu verras.

Il recommença… et elle ferma de nouveau les yeux malgré elle.

— Savannah ! Tu ne respectes pas la règle du jeu.

— Je n'y arrive pas, déclara-t-elle d'un air penaud.

Tous deux éclatèrent de rire, et Mike la couvrit de baisers légers.

— Tu es tellement merveilleuse, chérie, c'est le plus beau soir de ma vie.

Le cœur de Savannah se serra d'émotion. Elle répondit tout simplement :

— Pour moi aussi, c'est le plus beau soir de ma vie.

Elle pensait sincèrement ce qu'elle lui disait. Mais lui ? Quelle était la part d'euphorie et celle de vérité dans ce qu'il exprimait ?

Elle préférait ne pas ouvrir les paris.

— Mike, reprit-elle alors, nous avons fait l'amour dans le patio, quelle honte !

— Nous sommes dans une maison privée et, étant donné la hauteur des haies qui entourent ce patio, c'est comme si nous étions dans ma chambre. Mais je veux bien que nous poursuivions à l'intérieur. Cette chaise longue n'est pas particulièrement confortable.

— Te plaindrais-tu ?

— Du support, pas de la partenaire. Non, ma chérie, jamais je ne me plaindrai de toi !

— Jusqu'à notre prochaine dispute.

— Ah, Savannah, dit-il en la regardant curieusement, sais-tu que tu as quelque chose de spécial ?

Elle lui adressa un petit sourire.

Que ressentait-il réellement ? Mystère. Encore une fois, son regard était insondable.

— Allons-y, décréta-t-il.

— Restons quelques minutes encore, le pria-t-elle. Il fait si bon ici. Je voudrais que cet instant dure toujours.

— Nous resterons tant que tu voudras, répondit-il doucement.

Serrés l'un contre l'autre, ils levèrent le nez vers les étoiles et Mike l'étreignit tendrement. Elle vivait un moment de magie pure…

Galvanisée, elle l'attira plus étroitement contre elle pour l'embrasser. Un baiser paisible, confiant, plein d'amour… Devait-elle lui avouer qu'elle l'aimait ? Non, elle redoutait trop sa réaction. Cette soirée était si belle, pourquoi prendre le risque de la gâter ?

Elle devait se contenter de ce qu'elle avait obtenu : de la fougue, de la passion… Cela ne durerait peut-être pas, mais pour l'instant elle pouvait savourer ce bonheur, le chérir précieusement.

Mike finit par se lever et lui tendit la main pour l'aider à se remettre debout. Puis il la prit dans ses bras et la transporta à l'étage.

— Je ne suis pas trop lourde ?

Il éclata de rire.

— Absolument pas ! Je te rappelle que je suis un homme vigoureux. En outre, que ne ferais-je pas pour tenir une belle femme nue et sexy dans mes bras ?

— Où m'emmènes-tu ?

— Tu vas voir...

Il poussa la porte de sa chambre, puis celle de la salle de bains, pour la déposer finalement dans la baignoire. Quelques minutes plus tard, elle se mouvait dans un bain chaud et moussant.

Mike entra à son tour dans l'eau, et ils échangèrent de nouveau maints baisers et caresses jusqu'à ce que, cédant à son excitation, il sorte de la baignoire et l'entraîne elle aussi hors du bain. Il l'enveloppa dans une grande serviette et la frictionna sensuellement, palpant son corps à travers l'étoffe. Puis il se sécha rapidement et l'emporta vers le lit.

Cette fois, ils firent l'amour plus lentement avant de se perdre dans les feux de la passion. Il l'attira alors sur lui, et elle le chevaucha langoureusement tandis qu'il lui caressait les seins. Elle se mit à ondoyer doucement, puis de plus en plus rapidement jusqu'à ce que, de nouveau, les ondes du plaisir enflent en elle et se communiquent à Mike...

A l'aube, celui-ci finit par s'endormir en la tenant étroitement enlacée. Elle roula alors sur le côté pour l'admirer et effleurer son torse sans le réveiller.

— Je t'aime, murmura-t-elle.

A cet instant, Mike bougea légèrement. Oh ! Il ne dormait donc pas ? Elle coula un œil inquiet vers son visage... Si, il dormait ! Sa respiration était profonde et régulière. Visiblement, il avait remué dans son sommeil.

Savannah soupira. Elle était amoureuse de lui, férocement, entièrement et pour toujours !

Forte de cette pensée, elle déposa un baiser sur son épaule, puis se pelotonna contre lui et glissa à son tour dans le sommeil.

Elle se réveilla sous les caresses lascives de Mike et se heurta immédiatement à son regard de braise. Depuis combien de temps la regardait-il dormir ?

Il se redressa sur un coude et pencha la tête pour embrasser ses seins, tandis qu'elle enfouissait ses mains dans ses cheveux... Et brusquement un désir violent les saisit tous deux.

Ils refirent l'amour avec la même urgence que la veille.

Lorsqu'ils revinrent des rivages du plaisir, Savannah regarda le radio-réveil : il était 8 heures du matin. Jessie ne s'était pas manifestée de la nuit !

— Mike, il est 8 heures et...

— Et Jessie dort tranquillement, car je l'ai bien nourrie hier soir. Profitons du répit qu'elle nous accorde encore ! Que dirais-tu d'emménager définitivement dans ma chambre ?

10.

Après un moment de réflexion, Savannah proposa :

— Ne préférerais-tu pas que nous occupions une plus grande chambre ? La mienne, en l'occurrence.

— Donne-moi des raisons qui me la rendrait plus attrayante que celle-ci, répliqua Mike, sourire suggestif à l'appui.

— La salle de bains est plus spacieuse, la baignoire plus grande, et il y a davantage de miroirs, répondit-elle d'un air fripon.

— Je suis conquis ! L'idée de contempler ton reflet en plusieurs exemplaires dans les miroirs et de prendre des bains avec toi est plus que tentante. Et pourquoi n'essayerions-nous pas une pièce différente chaque nuit ?

Savannah fit la moue avant de répliquer :

— Sûrement pas ! Comment expliquerais-je à Helga tous ces changements de lit ?

— Ah, chérie ! A t'entendre, on pourrait te croire prude. Heureusement que toute pudibonderie disparaît chez toi quand nous faisons l'amour.

— C'est toi qui me fais cet effet, Mike, avoua-t-elle.

A ces mots, il lui adressa un sourire ravageur avant de déclarer :

— Sais-tu que je meurs de faim ? N'as-tu pas envie que je nous prépare une belle omelette ?

— Mmh ! Excellente idée ! Bon, je vais prendre une douche dans ma chambre, annonça-t-elle. Si nous nous douchons ensemble, cela risque de durer trop longtemps : Jessie aurait le temps de se réveiller, et nous ne pourrions plus déjeuner tranquillement.

— Quel dommage que tu sois si raisonnable ! soupira Mike. Mais je ne désespère pas de faire de toi une vraie libertine.

A ces mots, Savannah jeta dans sa direction un coussin qu'il esquiva en riant.

Lorsque, une demi-heure plus tard, la petite Jessie se réveilla enfin, Mike insista pour lui donner son biberon.

Savannah l'observait à la dérobée, émerveillée par la façon toute naturelle dont il s'occupait d'elle, la tendre sollicitude qu'il lui portait. Qui aurait cru possible une telle métamorphose ? Pas elle, en tout cas : elle n'aurait pas parié un dollar sur la transformation radicale de Mike !

Au fond, se dit-elle troublée, puisqu'il avait été capable de changer à ce point concernant Jessie, ne pouvait-elle pas espérer qu'il tombe amoureux d'elle ?

Ils passèrent le dimanche à jouer avec Jessie, mais la tension sexuelle demeura toute la journée sous-jacente entre eux, et à l'heure du dîner Savannah avait hâte de se retrouver seule avec Mike.

Quand l'enfant se fut endormie, après qu'elle lui eut chanté sa berceuse favorite, ils se retirèrent tous deux dans la grande chambre et firent l'amour jusqu'à l'aurore.

Le lundi, Constance devant s'occuper pour quelques jours de son père, c'est Mike qui conduisit l'enfant chez sa belle-mère, et une nouvelle semaine de travail commença.

Le mercredi soir suivant, lorsqu'il rentra à la maison, il trouva Savannah en train de jouer avec sa fille. A sa vue, elle bondit sur ses pieds et, l'enlaçant par la taille, il lui donna un baiser ardent… jusqu'à ce que Jessie fasse tomber un jouet sur le plancher pour les rappeler à l'ordre !

Ils tournèrent simultanément la tête vers l'enfant puis se sourirent.

— Comment vont mes petites femmes ? demanda-t-il en les enveloppant toutes deux d'un regard orgueilleux.

— Bien, répondit Savannah. Constance a téléphoné pour annoncer que son père se portait mieux et qu'elle pourrait s'occuper de Jessie dès lundi prochain. Je sens que ma mère va avoir le cœur brisé de se séparer de sa petite-fille.

Il se contenta de hocher la tête avant de déclarer d'un air satisfait :

— Nous avons quelque chose à fêter ce soir. Je viens de résoudre ma première affaire : Wyatt a récupéré son cheval ! Il n'a même pas été nécessaire de chercher à piéger Gandy, car il était en possession d'une dizaine de chevaux volés, ce qui jouait d'emblée en sa défaveur. Le shérif a donc laissé Wyatt reprendre son étalon.

— Félicitations, ce fut une affaire rondement menée ! s'exclama Savannah. Sais-tu que nous avons un autre événement à fêter ? La date de l'adoption vient d'être fixée par la cour ! Naturellement, j'ai fait jouer mes relations, mais la diligence dont ont fait preuve mes confrères est inespérée. Je leur en suis terriblement reconnaissante.

Des larmes de joie pétillaient dans les yeux de Savannah. Sa joie était décidément communicative. La serrant contre lui, il déclara :

— Bravo, ma chérie ! Jessie va donc devenir officiellement ta fille. Quand signons-nous les papiers ?

— Vendredi en huit.

Ce serait probablement l'un des plus beaux jours de sa vie, pensa Savannah, rêveuse. Elle passa en revue tous les événements merveilleux qui lui arrivaient : son mariage avec Mike, son amour pour lui, l'adoption de Jessie… Décidément, elle avait toutes les raisons d'être heureuse en ce moment, conclut-elle, refusant catégoriquement d'envisager le départ de Mike après l'adoption.

Subitement, elle leva les yeux vers lui.

« Mon Dieu, faites qu'il reste auprès de moi ! » pria-t-elle. A vrai dire, elle commençait presque à espérer que ce fût possible, car à l'évidence « ses deux petites femmes » grignotaient chaque jour un peu plus de place dans sa vie et dans son cœur.

« Oh, oh, Savannah, prudence ! » lui rappela la voix de la raison. L'euphorie liée à l'adoption et à sa merveilleuse entente actuelle avec Mike ne devait pas lui faire perdre la tête, car à trop espérer, elle courrait droit vers la déception.

Le grand jour était enfin arrivé : ils se tenaient devant le juge Delancy Taggert.

Savannah avait la gorge nouée, l'estomac contracté.

Jamais aucun procès ne l'avait rendue aussi nerveuse, même les plus difficiles. Elle craignait qu'au dernier moment un événement ne vienne contrecarrer ses plans, même si elle savait que tout avait été réglé et qu'il ne s'agissait plus que d'apposer leurs signatures au bas des documents d'adoption.

Ses parents et ceux de Mike avaient tenu à être présents, ses frères et sœurs aussi. En revanche, les frères de Mike n'avaient pu se libérer.

Jessie était vêtue d'une belle robe bleu clair, assortie au nœud qui retenait ses boucles. C'était la fillette la plus adorable de la terre, se dit-elle en la couvant d'un regard plein d'amour. Au début de la cérémonie, c'était elle qui la tenait dans ses bras, mais lorsque l'enfant avait commencé à s'agiter, Mike s'en était chargé, et Jessie avait fini par d'endormir sur son épaule.

Savannah lui jeta un coup d'œil en biais. Ce mari provisoire était d'une beauté bien dangereuse. Il était si sexy, si indomptable ! Pourtant, quand ses yeux se posaient sur Jessie, l'expression attendrie qu'elle y lisait l'émouvait profondément.

La cérémonie fut plus rapide que ce à quoi elle s'attendait. Le juge lut à voix haute les textes relatifs à l'adoption, puis Mike et elle les signèrent en plusieurs exemplaires. Ce fut ensuite le tour des témoins. Enfin, le juge déclara qu'ils étaient officiellement les parents légitimes de Jessie Lou Frates, dont le nom devenait Jessie Lou Remington.

Voilà, c'était fini, Jessie était son bébé ! Le sien et celui de Mike. A cet instant, Savannah reprit Jessie des bras de Mike et la serra très fort contre elle, pendant que le juge indiquait que la séance était levée. Toute la famille se pressa alors autour d'elle pour la féliciter.

Elle coula un regard vers Mike… Il paraissait serein, heureux. Que pouvait-il bien penser au fond de lui ? se demanda-t-elle. Il était censé retrouver sa liberté, à présent. Cela le remplissait-il de joie ?

Quand leurs regards se croisèrent, il lui sourit avec tendresse et leva le pouce pour lui indiquer qu'il était heureux de sa victoire.

Tous se rendirent ensuite à l'ancienne maison des Frates, désormais — et temporairement ? — celle de la famille Remington, où un buffet était préparé pour célébrer l'événement.

Il était près de 21 heures lorsque le dernier invité prit congé. Ils montèrent alors mettre au lit une Jessie exténuée.

— Je suis navrée que tes parents n'aient pas pu rester un peu plus longtemps, dit Savannah.

— Leur croisière était prévue depuis longtemps, et de toute façon ils ont promis de revenir dans un mois.

Dans un mois ? pensa-t-elle, le cœur tressautant de joie. Donc, il ne comptait pas quitter le nid de si tôt, un long mois les attendait encore !

Caressant les boucles du bébé, Mike murmura :

— Ce fut une journée importante pour toi, Jessie. Tu ne le sais pas encore, mais tu l'apprendras plus tard.

Puis il tourna les yeux vers elle et ajouta :

— Et pour nous aussi ! Dès qu'elle se sera endormie, nous fêterons l'événement à notre manière.

A cet instant, le téléphone sonna. Savannah alla décrocher : c'était Wyatt qui désirait parler à Mike.

— Il tient à te remercier de nouveau, chuchota-t-elle en lui tendant le combiné.

Elle se chargea de coucher Jessie. Quand elle sortit de la chambre de l'enfant, Mike s'entretenait toujours avec Wyatt. Il raccrocha enfin et s'exclama :

— Est-ce que tu étais au courant ?

— Au courant de quoi ?

— En guise de remerciements, Wyatt veut me donner l'étalon !

Savannah se mit à rire et déclara :

— Ne fais pas cette tête ! Nous pourrons le mettre dans l'écurie de mes parents et tu le monteras lors de nos promenades en famille.

— Dis-moi, Savannah, commença Mike en lui coulant un regard menaçant, est-ce toi qui lui as parlé de mes aptitudes équestres ?

— Moi ? Pas du tout !

— Toujours est-il que Wyatt a entendu parler de mon mini-rodéo sur Jester, et c'est pour cela qu'il tient à m'offrir cet animal. Soit dit en passant, le cheval a déjà trouvé son box dans l'écurie de ton père...

150

— Parfait ! s'écria-t-elle d'un ton joyeux. Je ne comprends pas ce qui te chagrine. Redouterais-tu cette légende selon laquelle celui qui possède l'étalon blanc tient le véritable amour ?

— Allons donc, je ne m'en souvenais même plus, cela n'a rien à voir ! Je ne veux pas que Wyatt me donne ce cheval, c'est tout. Il m'a réglé mon travail et nous sommes quittes. C'est comme pour l'héritage de Frates... Bon sang, je n'avais fait que mon travail en l'arrachant aux mains de ses ravisseurs !

— Pourquoi te plains-tu de la gratitude d'autrui ? Allons, n'essaie pas de détourner la conversation. Ce cadeau te fait bel et bien peur à cause de la légende : il se pourrait que tu sois amoureux pour toujours, le taquina-t-elle.

— Savannah, ne te moque pas de moi ! Sinon...

— Sinon quoi ?

S'approchant d'elle, Mike la poussa sur le sofa et se mit à la chatouiller. Elle se débattit en riant.

— Je n'ai pas peur d'un cheval, je me demande simplement ce que je vais en faire. C'est comme l'héritage de Frates : me voilà marié et père d'un enfant, parce qu'un homme voulait me remercier d'un service pour lequel j'étais rémunéré. C'est insensé !

Devant son air scandalisé, elle laissa fuser son rire, et Mike enfouit son visage dans son cou en faisant mine de la mordre.

Lorsqu'il releva la tête, tous deux se fixèrent intensément... et l'atmosphère changea d'un coup entre eux. Ils venaient de quitter le jeu pour une sphère moins paisible mais ô combien passionnante ! Quelques secondes plus tard, Mike la portait jusqu'au lit...

Plus tard, alors qu'elle était pelotonnée contre Mike qui venait de s'endormir, elle repensa à l'étalon de Wyatt.

Jusque-là, elle avait répété sans y croire cette légende qui appartenait au folklore de la ville. Désormais, elle souhaitait de toutes ses forces qu'elle fût vraie, pour que le véritable amour envahisse la vie de Mike.

Le samedi suivant, à l'occasion de la sortie équestre hebdomadaire des Clay, toute la famille s'était rassemblée autour de Mike qui montait pour la première fois l'étalon de Wyatt. Il s'en sortit avec bravoure et obtint un concert d'applaudissements. Puis chacun enfourcha son propre cheval, et les cavaliers se mirent en route.

— Wyatt prétend que son cheval est docile, confia Mike à Savannah, mais la prochaine fois je reprendrai Bluebonnet, car cet étalon est trop plein d'énergie : je sens qu'à la moindre inattention de ma part, il en profitera pour n'en faire qu'à sa tête.

— Tu peux prendre Bluebonnet dès maintenant, si tu préfères, répondit Savannah. Retournons aux écuries !

Elle fit signe à Lucius de ne pas les attendre et s'apprêtait déjà à faire demi-tour, lorsque Mike déclara vivement :

— Non, je préfère le tester un peu. Depuis l'épisode avec Jester, tes deux jeunes frères m'ont accepté. En revanche, je sens toujours une petite hostilité chez Lucius.

— Bah, tu finiras bien par gagner sa sympathie ! Ne te tracasse pas pour lui.

— Ce n'est pas pour lui que je me tracasse, mais pour moi. S'il cherche la bagarre, je ne sais pas si je m'en sortirai : il est plus grand que moi, plus fort, et animé d'un bien plus grand ressentiment.

— N'aie donc pas peur de mon grand frère, tu t'en sortirais très bien s'il cherchait à en découdre, lui rétorqua-t-elle, les yeux pétillants de malice.

— Je sais pourquoi tu es devenue avocate, Savannah Clay-Remington : en fait, tu aimes les affrontements.

152

— Sûrement pas ! Que vas-tu chercher-là ? s'insurgea-t-elle, juste avant d'ajouter : Tu vois le chêne là-bas ? Le premier arrivé !

— Pourquoi toujours ce besoin de me défier ? demanda-t-il à brûle-pourpoint.

— C'est toi qui m'y pousses ! Le gagnant décidera de la façon dont on passera la soirée.

— Tope là ! L'enjeu en vaut la chandelle. Si je gagne, je demande à tes parents de s'occuper de Jessie pour que nous ayons la soirée à nous.

— Très bien ! Prêt ? C'est parti !

Mike lança sa monture… et remporta la course avec une longueur d'avance !

— Visiblement, tu étais motivé, mon cher, observa non sans ironie Savannah en arrivant à sa hauteur.

— A supposer que tes parents acceptent, nous avons toute la soirée devant nous, ma belle, déclara-t-il en l'enveloppant d'un regard vainqueur.

— Je ne me fais pas de souci sur l'accord de mes parents.

— Viens par ici ! dit-il brusquement en s'emparant d'autorité de la bride de son cheval.

S'abandonnant au baiser ardent de Mike, Savannah noua ses bras autour de son cou tandis qu'il tenait les brides de leurs deux chevaux… Seigneur, quel baiser ! Chaque jour passé en compagnie de Mike Remington renforçait l'amour qu'elle éprouvait pour lui. Si seulement elle avait pu lui jeter un sort afin qu'il demeure toujours auprès d'elle !

Ce fut alors que, comme s'il jugeait que leur baiser avait suffisamment duré, le cheval de Mike poussa un hennissement. A regret, ce dernier la relâcha, non sans lui adresser un regard langoureux dans lequel elle lut mille promesses voluptueuses pour la nuit à venir.

Ils reprirent leur promenade interrompue sans chercher à rejoindre les autres. Il était si agréable de chevaucher en tandem à travers la campagne…

— Cet étalon déborde de vie, fit remarquer Mike. Il a un côté sauvage.

— Comme son propriétaire.

— Moi, sauvage ?

Il coula alors vers elle un regard diabolique, et elle eut la sensation que son cœur cessait de battre.

— Viens, je vais te montrer un endroit magique, dit-elle promptement pour faire diversion. Qui plus est, les chevaux pourront se désaltérer.

Ils débouchèrent bientôt sur une clairière au bord d'un cours d'eau. L'endroit était idyllique, Mike le reconnut volontiers. Savannah descendit de sa jument qu'elle conduisit près de la rivière pour qu'elle puisse étancher sa soif, et Mike en fit autant avec son étalon.

Que la vie pouvait être paisible ! pensa-t-elle en aspirant à pleins poumons l'air doux de la matinée. Tout semblait si tranquille, et pourtant… Au fond d'elle-même, elle était loin d'éprouver de la sérénité. La présence de son compagnon était trop excitante !

— Attachons les chevaux à ce chêne et grimpons en haut de la colline, proposa-t-elle. De là-haut, la vue est magnifique.

Sans attendre la réponse de Mike, elle traversa le ruisseau en sautant sur les pierres. Au milieu du gué, elle s'arrêta et regarda par-dessus son épaule.

Mike était resté sur la rive, comme figé. Il était pâle et paraissait tendu.

— Mike ? Tout va bien ?

— Allons rejoindre les autres ! lui dit-il brusquement.

Il paraissait si troublé qu'elle n'osa protester. Faisant demi-tour, elle détacha son cheval et remonta dessus.

Que s'était-il passé ? se demanda-t-elle tandis qu'ils chevauchaient en direction du groupe. Mike serrait les mâchoires, ses mains étaient crispées sur la bride… Pourtant, lorsqu'ils arrivèrent au niveau des autres, il était redevenu lui-même et Savannah et lui ne reparlèrent pas de l'incident.

Au déjeuner, Lucius avait montré moins d'hostilité que d'habitude envers Mike. Celui-ci s'en ouvrit à Savannah sur le chemin du retour.

Elle éclata de rire.

— Tu as une marque de rouge à lèvres sur le col de ta chemise, et je suis revenue ébouriffée ! Il en a probablement conclu que nous avions fait une escapade coquine. D'autant que j'ai demandé à mes parents de garder Jessie ce soir ! Autant d'éléments qui lui laissent à penser que notre mariage n'est pas uniquement formel.

— Effectivement, approuva Mike d'un ton pensif.

De nouveau, il était devenu grave, comme tout à l'heure près de la rivière. Avait-il des soucis ? s'inquiéta-t-elle.

— Pourquoi ne m'as-tu pas dit que ma chemise était tachée ? demanda-t-il brusquement.

— Bah, c'était juste une petite tache, et de toute façon tu n'aurais pas pu l'enlever sans laver la chemise en entier. N'es-tu pas satisfait d'avoir gagné l'amitié de Lucius ?

— Si, c'est la bonne nouvelle de la journée ! déclara-t-il.

Comme il avait changé ! Il était bien moins caustique envers elle et sa famille qu'auparavant. Naturellement, il avait parfois des sautes d'humeur, mais dans l'ensemble elle le sentait moins à cran.

Elle soupira d'aise à l'idée de la soirée qui les attendait.

Ils nagèrent un bon moment dans la piscine, puis ils firent des grillades qu'ils dégustèrent dans le patio en contemplant les étoiles et en échangeant des regards complices.

Non sans tendresse, Savannah se rappelait la façon dont Mike s'était occupé de Jessie au déjeuner. En dessert, il lui avait donné des petits morceaux d'orange. C'était la première fois que la fillette en mangeait, et manifestement elle avait apprécié cette nouveauté : elle s'était léché les lèvres avec délectation, ce qui avait fait rire tout le monde. Mike avait alors couvert Jessie d'un regard empli d'amour et de fierté.

— Viens près de moi, Savannah ! dit-il soudain.

Sans hésiter, elle se percha sur ses genoux, et il poursuivit d'un ton rêveur :

— Je ne soupçonnais pas que la vie de famille pouvait être aussi agréable...

A ces mots, il l'embrassa tendrement, non sans chercher à glisser ses mains sous son maillot de bain.

— Non ! Dans la chambre ou rien ! déclara-t-elle farouchement en se dégageant.

Mike lui lança un regard amusé, et ils montèrent sur-le-champ à l'étage.

Sitôt le seuil franchi, une véritable frénésie les saisit tous deux. En un temps record, ils se retrouvèrent nus l'un contre l'autre, consumés par une même urgence.

— J'ai envie de toi, Savannah, gronda-t-il. Envie de te prendre là, sans préliminaires.

Frémissante, elle s'abandonna entièrement, sans retenue, grisée par la façon sauvage dont il la chevauchait.

— Mike, je t'aime ! cria-t-elle lorsqu'ils atteinrent l'extase, incapable de retenir ces mots qui la brûlaient.

Après une plongée dans la volupté la plus absolue, ils restèrent un long moment enlacés, immobiles. Finalement, Mike roula sur le côté et leva les yeux vers elle.

— Oh, ma chérie ! Je rêvais de cet instant depuis ce matin. Et quand je pense à la nuit qui nous attend...

Amusée, Savannah se redressa sur un coude pour dessiner avec son index les mâchoires carrées de son partenaire. Tiens, tiens, il s'était rasé... Sans doute quand il était monté chercher son maillot de bain. Attendrie par cette attention, elle se cala dans le creux de son épaule, décidée à profiter du présent sans penser au futur.

— Ta famille est réellement très sympathique, lui dit alors Mike. J'aimerais que tu connaisses un peu mieux la mienne. Mes parents sont des gens fort convenables, tu sais.

— Je n'en doute pas une seconde, étant donné la façon dont ils t'ont élevé. Le résultat parle en leur faveur.

A ces mots, il lui lança un regard incrédule. Et elle de renchérir :

— Je t'assure que je le pense !

Un sourire barra alors le visage de Mike. Curieux, car ses yeux ne souriaient pas, constata Savannah avant de l'entendre déclarer, d'un ton soudain grave :

— Je te suis reconnaissant de m'avoir forcé la main, Savannah.

— Moi, je t'ai forcé la main ? Je te rappelle que c'est tout de même toi qui tu m'as déshabillée la première fois !

— Cela je te l'accorde. Ce que je veux dire, c'est que je suis heureux que tu m'aies retenu au Texas.

Retenu, peut-être, mais pour combien de temps encore ? Cependant, elle n'osa pas poser tout haut la question. A quoi bon gâter une si belle soirée ?

— Mike, pourquoi te dévoiles-tu si peu ? demanda-t-elle subitement.

— On ne peut pas tout raconter. Chacun a sa part d'obscurité.

— Parfois il est bon de se confier, tu sais.

A cet instant, un nuage passa sur le front de Mike et elle se rappela son visage, le matin, au moment où elle franchissait le ruisseau à gué. Instinctivement, elle ajouta :

— J'aimerais que tu me fasses confiance.

— Je te fais confiance, Savannah, assura-t-il. Seulement, les souvenirs sont parfois douloureux à exhumer. C'est ainsi, personne n'y peut rien.

— Non ! C'est ce que l'on retient trop longtemps en nous qui finit par nous ronger. Il est toujours bénéfique de se confier, Mike. Et je suis là avec toi.

Distraitement, Mike se mit à jouer avec ses cheveux. Il resta silencieux un bon moment. Savannah attendait… Enfin, il se lança.

— Colin et moi vivions dans des ranchs voisins, autrefois. Tous les après-midi, après la classe, on se retrouvait près d'un ruisseau que l'on avait l'habitude de traverser à gué. Un ruisseau comme celui de ce matin.

Peu à peu, la voix de Mike devenait plus rauque, son rythme plus lent.

— Parfois, les souvenirs reviennent avec une telle intensité qu'on a l'impression que les événements ont eu lieu la veille, et c'est terriblement douloureux. On revit tout. C'est ce qui se passe en moi quand je pense à Colin.

De nouveau il se tut, et Savannah respecta son silence. Elle ne voulait en aucun cas l'acculer aux confidences. Mike lui dirait ce qu'il souhaiterait, sans contrainte.

— Il n'aurait pas dû mourir déjà, j'aurais dû être en mesure de le sauver ! scanda-t-il brusquement.

— Que s'est-il passé pour que tu en aies été empêché ? questionna-t-elle avec douceur.

— Eh bien voilà : Jonah, Boone, Colin et moi avions pris contact avec un agent — en réalité un agent double, mais à l'époque nous l'ignorions — afin de délivrer un homme retenu en otage.

158

Or, cet agent avait averti les ravisseurs de notre intervention. Nous foncions donc, sans le savoir, dans un traquenard.

Mike fit une pause et déglutit avec difficulté avant de poursuivre :

— Colin s'est glissé en premier dans la maison où nous devions donner l'assaut, tandis que Jonah, Boone et moi attendions qu'il nous fasse signe, cachés dans les fourrés… Une grenade a explosé, tuant Colin sur-le-champ. La maison était en feu, les sirènes de pompiers résonnaient… Comme nous étions en mission secrète, nous avons dû déguerpir au plus vite, nous, les survivants.

— Tu n'y pouvais rien, Mike, tu n'as fait que ton devoir.

— Non, j'aurais dû repérer *avant* la voiture des terroristes, elle était garée juste à côté ! Mais j'étais trop concentré sur Colin. De plus, nous avons été obligés d'abandonner le corps…

— Mike, tu ne peux pas te maudire pour le restant de tes jours. Tu sais parfaitement que ton ami n'aimerait pas que tu t'en veuilles de cette façon.

— J'ai beau essayer de m'en convaincre, je n'y arrive pas.

Instinctivement, il la serra très fort contre lui et poursuivit :

— Colin était comme un frère pour moi. Ses parents ne se sont toujours pas remis de son décès, et moi je fais régulièrement des cauchemars. Tout à l'heure, quand je t'ai regardée traverser ce ruisseau, c'était terrible… J'ai vu Colin le faire tant de fois. Il y a toujours un détail, un petit rien qui me le rappelle, et cela me fait atrocement souffrir. C'est si dur de perdre une personne que l'on aime.

— Comme je te comprends, dit-elle en lui baisant doucement l'épaule.

— Je sais, Savannah, je sais…

— Mike, on ne peut pas rester éternellement prisonnier du passé. Tu estimes ne pas avoir sauvé Colin ? Soit ! En revanche, la vie t'a permis de te rattraper à travers Jessie.

— Crois-tu ? J'ai l'impression que, même sans mon intervention, elle s'en serait sortie.

— Ne sous-estime pas tes bonnes actions, Mike.

— Merci pour ton écoute, Savannah, soupira-t-il avant de proposer sur un ton revigoré : Et si on repiquait une tête ?

— Volontiers, dit-elle en se redressant immédiatement.

Elle ne s'était jamais sentie aussi proche de lui. Par ailleurs, elle avait conscience que c'était la première fois que Mike partageait ce lourd secret. Soudain, elle réalisa qu'il avait probablement autant peur qu'elle de l'amour !

Cette nuit-là, c'est Mike qui ne parvenait pas à trouver le sommeil alors que, lovée tout contre lui, Savannah dormait depuis un bon moment.

Il se décala légèrement de façon à pouvoir l'admirer. Toujours avec prudence, il repoussa une mèche sur sa joue.

Savannah était si belle et si douce, pensa-t-il, et elle pouvait être aussi si passionnée ! Déterminée aussi, et espiègle... Pleine de vie, en somme.

Par deux fois elle lui avait murmuré qu'elle l'aimait, et nul doute qu'elle pensait qu'il ne l'avait pas entendue. Ce n'était pas la première femme qui lui faisait un tel aveu, mais c'était la première fois que ces mots prenaient une réelle signification pour lui.

De son côté, que ressentait-il véritablement pour elle ? Jusqu'à présent, il avait préféré ne pas se poser la question. Sa véritable vie ne l'attendait-elle pas à Washington ?

Soudain, il pensa à Jessie, à ses rires, au sourire qui illuminait son visage potelé dès qu'elle l'apercevait... puis, Savannah revint danser dans ses pensées : jamais aucune femme ne l'avait séduit et excité à ce point. Avec elle, chaque jour et chaque nuit réservaient des surprises.

Il perdrait beaucoup en repartant. En outre, la liberté qu'il chérissait tant pèserait-elle plus lourd dans la balance que Savannah ? Etait-il prêt à redécouvrir la solitude ? Et pourrait-il laisser, le cœur léger, la mère et la fille derrière lui ? Autant de questions insolubles et dérangeantes...

Resserrant son étreinte, il embrassa furtivement le front de Savannah.

— Je t'aime, murmura-t-il sur une impulsion... tout en se demandant s'il était réellement amoureux.

Il redoutait tellement les conséquences de l'amour !

Croisant ses mains sous sa tête, il décida alors de se livrer à une introspection approfondie. Bientôt il serait amené à prendre une décision, aussi vaudrait-il mieux qu'il sache ce qu'il voulait quand l'heure arriverait.

Deux jours plus tard, Mike quittait le bureau de V. R. Hunsacker les sourcils froncés. Une fois dans sa voiture, il prit quelques notes puis referma son calepin, soucieux. Comment Savannah allait-elle réagir à ses soupçons ?

Au dîner, il n'eut pas le courage de lui faire part de ses découvertes et repoussa l'épreuve au lendemain. Ils étaient en pleine période d'euphorie, et il ne tenait pas à assombrir leur bonheur par de tristes nouvelles. Car nul doute que cela allait la rendre malheureuse.

Elle était si belle ce soir, en jean et en T-shirt, les cheveux dénoués...

Mais elle serait tout aussi ravissante demain, se morigéna-t-il. A quoi bon repousser le moment ? Prenant une grande inspiration, il se jeta à l'eau.

— J'ai fait des découvertes sur les clients que tu as perdus récemment, annonça-t-il.

— Oh, tu as l'air bien sérieux, subitement ! Qu'as-tu appris de si tragique ?

— Les trois clients qui t'ont faussé compagnie se sont tous adressés depuis au même cabinet.

— Tiens donc ! C'est curieux… Et quel est ce cabinet ?

— Une nouvelle société, à Austin. La Plunket & Plaine Association.

— Ces noms ne m'évoquent absolument rien, fit Savannah en ouvrant de grands yeux. Comment ont-ils pu attirer nos clients chez eux ?

— J'ai étudié leur curriculum vitæ. Ils n'ont rien réalisé d'extraordinaire qui puisse justifier cet engouement de la part de tes anciens clients.

— De plus en plus étrange…

— Et pourtant, cela ne peut être une coïncidence : on leur a forcément recommandé ce cabinet. Aurais-tu des ennemis, Savannah ?

— Non, pas que je sache. Mais naturellement, toutes les personnes qui ont perdu un procès auquel j'ai plaidé le sont potentiellement.

— Peux-tu m'en établir une liste précise ?

— Non, elle ne serait pas exhaustive et, franchement, les gens peuvent ne pas nous apprécier, Troy et moi, mais de là à prendre une telle revanche… En général, ce n'est pas à nous qu'ils en veulent le plus.

— Exact. Ce qui nous mène à une dernière possibilité, décréta Mike d'un ton grave.

— Qu'insinues-tu ? Que le sabotage viendrait de notre propre cabinet ? De la part de Liz et Nathan, c'est absolument exclu. Quant à Troy, s'il agissait de la sorte, ce serait comme s'il se

162

volait lui-même ! En outre, il ne serait pas capable d'une telle trahison envers moi.

— Depuis que nous sommes mariés, cherche-t-il encore à t'inviter au restaurant ou au cinéma ?

— Oui, de temps en temps, pour plaisanter, en préjugeant de mon refus. Il sait très bien qu'entre lui et moi, ce ne sera jamais sérieux. Mais... pourquoi me poses-tu cette question ?

— Pour savoir. Je n'aime pas beaucoup Troy Slocum.

Savannah ne put retenir un sourire. Mike était-il jaloux sans vouloir se l'avouer ?

A cet instant, leurs regards se croisèrent, et la sensualité qu'elle lut dans les prunelles de Mike l'attira immédiatement sur ses genoux.

— Nous avons terminé de dîner, n'est-ce pas ? demanda-t-elle en l'embrassant.

Le mardi, Mike appela Savannah de son bureau.

— Je dois m'absenter pendant deux jours pour les besoins d'une enquête. Je t'appelle ce soir de l'hôtel.

— Oh, Mike, tu vas me manquer !

— Toi aussi, ma chérie. Embrasse Jessie pour moi.

— Rentre vite.

Quand il raccrocha, il sut gré à Savannah de ne pas l'avoir interrogé sur son enquête. A vrai dire, une tâche assez déplaisante l'attendait et il suspectait que ses prochaines découvertes n'allaient pas faire plaisir à sa charmante épouse.

Le mercredi, Savannah rentra plus tôt que d'habitude à la maison pour permettre à Constance de rendre visite à son père. Mike lui manquait terriblement, chaque jour elle l'aimait davantage. Finirait-il par tomber amoureux d'elle ? Si Jessie et elle occupaient désormais une place importante dans sa vie, il n'en restait pas moins un homme solitaire et indépendant, qui refusait toute forme d'engagement à long terme.

Soudain, elle entendit le bruit d'un moteur dans la cour : Mike !

Son cœur se dilata de joie.

Mike les serra toutes les deux longuement dans ses bras, manifestement heureux de ces retrouvailles. Puis il s'empara de la fillette et lui décréta :

— Ce soir, bout de chou, c'est moi qui m'occupe de toi.

— Entendu ! approuva Savannah, ravie.

Il donna son repas à l'enfant, la changea et joua une bonne demi-heure avec elle avant de l'endormir sur ses genoux dans le rocking-chair. Ensuite, il mit Jessie au lit et rejoignit Savannah dans le salon.

— Eh bien, ce voyage ? demanda-t-elle.

— Ne perdons pas de temps en bavardages inutiles, répliqua-t-il en l'attirant dans ses bras.

Le lendemain matin au moment de partir, alors que Savannah, déjà en retard, était en train d'enfiler sa veste tout en avalant son bol de café, Mike se lança :

— Savannah, déjeunons ensemble à midi. Il faut que nous discutions.

— De quoi s'agit-il ?

— Je n'ai pas le temps de te l'expliquer maintenant, c'est pourquoi je t'invite à déjeuner. J'aurais dû t'en parler hier soir, mais j'avoue que je n'en ai pas eu le cœur.

— Tu en as trop dit, Mike ! décréta Savannah en croisant les bras. Et je me moque bien d'être en retard. Parle !

— Je te préviens, ça ne va pas te plaire.

— Dis toujours ! le défia-t-elle.

— J'ai trouvé le lien manquant entre le cabinet qui a attiré tes clients et le tien.

— Sois plus explicite, s'il te plaît ! ordonna-t-elle durement, comme si elle pressentait que ses propos allaient la contrarier.

11.

— Hier, j'ai vu Troy Slocum déjeuner avec les avocats de ce fameux cabinet qui vous fait de la concurrence, annonça Mike d'une traite.

Savannah le fixa avec incrédulité avant de déclarer d'un ton catégorique :

— Tu te trompes ! Troy ne peut pas m'avoir trahie. Il les a sans doute rencontrés pour savoir ce qui les motive, pourquoi ils détournent notre clientèle.

— Non, Savannah, je pense au contraire que Troy a manigancé toute l'affaire, répliqua-t-il.

— Je suis convaincue qu'il m'expliquera pourquoi il a déjeuné avec eux quand je le lui demanderai.

— Je préférerais que tu ne l'interroges pas à ce sujet pour l'instant : je veux encore vérifier quelque chose. Dis-moi, avez-vous passé le genre de contrat stipulant que si l'un de vous deux quitte le cabinet, il ne peut pas emmener une partie de la clientèle ?

— Naturellement ! Mais je t'assure que tu fais fausse route ! s'exclama Savannah, irritée. Troy et moi nous connaissons depuis des années. C'est parce que nous nous respections mutuellement et que nous nous faisions confiance que nous avons créé ce cabinet ensemble.

— Au départ, votre cabinet vivotait. C'est grâce à John Frates qu'il a pris son essor, n'est-ce pas ?

— C'est exact, mais quel rapport ? Non, Troy n'essaierait jamais de convaincre nos clients de s'adresser à une autre agence. Voyons, c'est impossible ! Et qui plus est, ce serait parfaitement insensé de sa part : il en subirait les conséquences financières tout comme moi.

— Laisse-moi encore un peu de temps pour vérifier une chose ou deux, redemanda Mike. D'ici là, ne lui dis rien, s'il te plaît.

— Mike, c'est ridicule ! Je lui fais confiance comme à un frère. Arrête cette enquête et laisse-le tranquille.

— Pourquoi es-tu si entêtée, Savannah ?

— Mais tu me racontes une histoire absurde ! Troy ne va pas saboter l'entreprise pour laquelle il travaille.

— Hélas, cela n'est pas exclu, si les possibilités de gains sont plus élevées ailleurs, ou s'il désire se venger de toi parce que tu as repoussé ses avances, précisa froidement Mike. Tu aurais tort d'écouter uniquement la voix de ton cœur…

Savannah commençait sérieusement à l'agacer. Pourquoi repoussait-elle l'hypothèse en bloc, avec autant d'acharnement ? C'était typique d'elle, cet entêtement insensé !

— Mes conclusions ne sont nullement extravagantes, plaida-t-il encore d'un ton irrité. Tu as perdu des clients, oui ou non ? Et ils se sont tous adressés à un nouveau cabinet dont tu ne connais aucun des avocats, mais avec lesquels Troy déjeune tranquillement ! Alors veux-tu avoir l'obligeance d'utiliser ton sens logique ?

— C'est toi, Mike, qui es illogique. Troy ne me ferait pas un affront pareil et, si c'était le cas, il en subirait les conséquences autant que moi. Je sais que tu ne l'aimes pas, mais je t'en prie, oublie tes suspicions envers lui ou laisse tomber l'enquête.

— Même si Troy est à l'origine de tout cela ?

— Je *sais* qu'il ne l'est pas ! s'indigna-t-elle. Il va éclater de rire quand je vais lui raconter les conclusions auxquelles tu aboutis !

— Savannah, ce que tu peux être têtue !

— Tu n'as rien à m'envier, mon cher, rétorqua-t-elle en colère.

Ils se fixèrent quelques secondes, extrêmement tendus.

Soudain, les pleurs de Jessie résonnèrent à l'étage, et Savannah monta la consoler. Lorsqu'elle revint dans le vestibule, il était sorti.

Ce soir-là, elle attendit de pied ferme le retour de Mike, heureuse que Jessie se soit endormie de bonne heure. Il fallait qu'ils reparlent à cœur ouvert de cette affaire qui l'avait obsédée toute la journée.

Elle était dans le patio lorsque Mike rentra.

Il portait un simple jean et une banale chemise à carreaux, mais encore une fois sa beauté virile la frappa, en dépit de l'agacement qu'elle ressentait pour ses accusations insensées.

S'asseyant en face d'elle, il déclara sans préambule :

— Je suppose que Troy t'a donné une bonne excuse ?

— Qu'est-ce qui te fait penser cela ?

— Ton air d'autosatisfaction ! S'il n'avait pas trouvé de justification, tu serais certainement effondrée à l'heure qu'il est.

— Troy m'a effectivement fourni une réponse tout à fait logique. Figure-toi que lui aussi a loué les services d'un détective privé qui, à ton instar, a découvert l'existence de la Plunket & Plaine Association. Il a alors souhaité rencontrer les avocats pour discuter avec eux, et c'est cette fois-là que tu l'as prétendument surpris en flagrant délit. La réalité est parfois trompeuse, Mike, surtout quand on veut croire ce qui nous arrange.

— Et naturellement, toi, tu crois ce qu'il t'a raconté ? demanda-t-il tranquillement.

— Evidemment ! Et je veux que, de ton côté, tu cesses d'importuner mon associé et de le suivre, O.K. ? En outre, des excuses en bonne et due forme envers lui ne seraient pas superflues !

— Mais en tout état de cause prématurées ! compléta Mike d'un ton cinglant.

— Comment peux-tu être aussi suffisant ? s'indigna Savannah.

— Je ne suis pas le seul, répliqua-t-il sèchement.

A cet instant, un muscle de sa mâchoire tressaillit.

Mike était réellement en colère, pensa-t-elle... Et la peur panique qu'il ne la quitte sur ce malentendu s'empara brusquement d'elle.

Lorsqu'il pivota sur ses talons, elle eut envie de s'élancer derrière lui. Au lieu de quoi, elle serra fortement les lèvres, ferma les yeux et le laissa s'éloigner.

A quoi bon chercher à le rattraper ? Elle savait que, par entêtement, Mike continuerait ses investigations... et découvrirait par lui-même qu'il avait fait erreur en stigmatisant son associé. Mais alors, le mal serait fait, car il ne supporterait pas de s'être ridiculisé.

Le cœur de Savannah se serra. Cela valait-il réellement la peine de défendre Troy au risque de perdre Mike ?

A minuit, elle ne dormait toujours pas.

Elle était seule, il n'était pas venu la rejoindre. Quelle chambre avait-il choisi ce soir ? Dormait-il tranquillement, ou était-il aussi malheureux qu'elle ?

Le lendemain, ils ne se virent pas en tête à tête, chacun prenant soin de faire en sorte que Jessie soit toujours présente.

Mike était perplexe. A vrai dire, il ne s'attendait pas à une réaction aussi vive de la part de Savannah. Etait-elle amoureuse de Troy Slocum ? s'interrogea-t-il, troublé. Non, impossible, sinon elle n'aurait pas refusé à plusieurs reprises ses avances. Mais s'il finissait par établir qu'il était l'auteur du sabotage — ce dont il était convaincu — Savannah allait le détester !

Il était vivement tenté de laisser l'enquête en l'état, comme elle l'en priait, et de quitter définitivement le Texas dans la foulée pour retrouver Washington et son ancienne vie.

D'un autre côté, il ne pouvait pas partir sur un coup de tête. Désormais, il était lié à Jessie pour la vie : elle portait son nom, elle était légalement sa fille et, en ce qui le concernait, elle était *réellement* sa fille. Il l'aimait, un point c'est tout.

S'il n'avait aucune interrogation sur ses sentiments pour Jessie, il en allait autrement en ce qui concernait Savannah. Bien sûr, il avait l'impression de l'aimer, mais quelle était réellement la profondeur de cet amour ? Survivrait-il par exemple au terrible conflit qui les opposait ?

Quand arriva le week-end, il décida de prendre un peu de distance et embarqua sur le premier vol pour Washington. Ce n'était pas de gaieté de cœur qu'il partait, mais il devait le faire afin d'y voir plus clair. Et sans prévenir, afin qu'on ne cherche pas à le retenir.

Savannah resta sans nouvelles de Mike tout le week-end. Il n'avait pas jugé bon de l'informer de son absence ni de lui préciser s'il repartait pour Washington. Elle hésitait entre la colère et l'angoisse, mais avant tout il lui manquait atrocement.

Oh, comme elle regrettait de s'être disputée avec lui à cause de Troy ! A présent, elle était prête à considérer sa thèse concernant le sabotage. Après tout, son cabinet comptait bien moins pour elle que Mike et Jessie ! Pourquoi sacrifierait-elle sa famille à

Troy ? D'ailleurs, qui sait si Mike n'avait pas finalement raison, concernant ce dernier ? se surprenait-elle à penser, le cœur brisé à cette idée.

A moins que l'absence de Mike n'ait rien à voir avec Troy... Maintenant que l'adoption de Jessie était officielle, Mike, selon leur accord, était libre de repartir. Peu lui importait sans doute qu'ils soient entre-temps devenus intimes ! Cet argument ne devait pas peser bien lourd dans la balance.

Le lundi, le calvaire se poursuivit.

Incapable de se concentrer sur son travail, elle décida de rentrer chez elle en fin de matinée. Quitte à se ronger les sangs, autant ne pas se donner en spectacle !

Une fois chez elle, elle renvoya Constance, préférant rester seule avec Jessie. Dans l'après-midi, alors que l'enfant faisait la sieste, elle se mit à tourner comme une âme en peine dans la grande maison.

L'absence de Mike la hantait. Plus d'une fois elle fut tentée de le joindre sur son portable, mais elle redoutait trop de tomber sur son répondeur. Et puis, si Mike décrochait et lui annonçait qu'il avait réellement décidé de partir, que serait-elle en mesure de répondre ?

D'ailleurs, dans ce cas, elle ne voudrait plus jamais lui adresser la parole ni le revoir.

De toute façon, à quoi bon le harceler ? Soit Mike l'aimait et allait revenir... soit elle s'était fait des illusions et son départ était définitif. Naturellement, il aimait Jessie, mais cet amour ne suffirait pas à le faire revenir s'il était décidé à divorcer. Dès le départ il l'avait prévenue, pourtant ! Comment avait-elle pu croire qu'ils vivaient une relation exceptionnelle ? Nul doute, se dit-elle amèrement, que toutes les femmes qui l'avaient aimé avaient eu cette impression !

Du revers de la main, elle essuya les larmes qui lui coulaient sur la joue.

C'était la première fois qu'un homme la faisait pleurer. Il l'avait meurtrie, et cependant, elle n'espérait qu'une chose : qu'il revienne. Oh, elle était consciente que Troy n'avait été qu'un prétexte ! Tôt ou tard, ils auraient dû éclaircir la situation, s'entendre sur le devenir de leur drôle de mariage.

Pourquoi avait-il fallu qu'elle se laisse surprendre par l'amour en cours de route ?

— Oh, Mike ! murmura-t-elle, se retenant de composer son numéro de téléphone.

Elle appuya la tête contre la baie vitrée, espérant le voir surgir brusquement dans l'allée.

Mais l'allée demeurait désespérément vide.

Dans l'avion qui le ramenait au Texas, Mike était assis près du hublot. Pourtant, ce n'était pas le ciel bleu et les nuages qu'il voyait. Non, l'image de Savannah occupait seule ses pensées. Jamais une femme ne l'avait obsédé à ce point. Il pensait à elle un million de fois par jour. Il avait été tenté de l'appeler, ce week-end, mais à quoi bon s'expliquer par téléphone ?

Non, le mieux était de retourner au Texas et de la reconquérir.

Quant à l'enquête… Il savait qu'il finirait par démasquer Troy Slocum, car il était convaincu de sa culpabilité. En revanche, il s'était juré de ne plus évoquer cette affaire avec Savannah tant qu'il n'aurait pas accumulé suffisamment de preuves. Et il allait en trouver !

Il ne pouvait tout de même pas laisser tomber cette histoire et accepter que Slocum escroque Savannah en toute impunité !

Savannah… Il avait hâte de la revoir, de la serrer dans ses bras. Il avait à peine dormi de tout le week-end, tant la séparation était difficile !

Au fond de lui-même, il se sentait peiné qu'elle ne lui ait pas fait confiance. Elle avait d'emblée pris la défense de son associé *contre lui*. Il est vrai que Savannah et lui avaient tous deux de fortes personnalités, et si ça n'avait pas été Slocum, un autre sujet serait venu les opposer...

Allons, assez d'enfantillages ! Ils devaient être assez forts pour surmonter leurs éventuels différends sans remettre en cause leur amour. Entre sa vie de célibataire à Washington et sa nouvelle existence au Texas avec Savannah et Jessie — en d'autres termes entre une existence rongée de solitude et une vie remplie d'amour —, le choix était vite fait !

Que pouvait bien faire Savannah en ce moment ? se demanda-t-il pour la centième fois.

Dans le creux de la passion, elle lui avait murmuré qu'elle l'aimait. Des mots que lui-même n'avait jamais dits, à aucune autre avant elle. Désormais, il savait que lui aussi l'aimait et il avait hâte de la retrouver pour le lui dire.

Cependant, il avait encore à régler une chose importante avant de retourner à Stallion Pass.

La soirée du lundi s'écoula sans la moindre nouvelle de Mike. Heureusement pour Savannah, la présence de Jessie lui était d'un grand réconfort.

Le mardi, totalement effondrée, elle prit une deuxième journée de congé.

La tentation d'appeler Mike devenait de plus en plus grande. Il ne servait à rien de pratiquer la politique de l'autruche, au diable son amour-propre ! Si ce soir elle n'avait pas de nouvelles, c'était décidé, elle l'appellerait. Au moins, serait-elle fixée sur son sort.

En fin d'après-midi, elle entendit des pneus crisser dans la cour et se précipita vers la fenêtre. Son cœur fit un bond violent dans sa poitrine quand elle reconnut la Sedan de Mike.

Alors, sans réfléchir, elle s'élança à sa rencontre et se jeta dans ses bras. Peu lui importait qu'il soit revenu définitivement ou juste pour prendre ses affaires ! Il était là, et pour l'instant rien d'autre ne comptait.

— Oh, Mike, tu m'as tellement manqué !

Des bras vigoureux se refermèrent sur elle et elle comprit qu'il était bel et bien revenu. Mike chercha sa bouche et, après lui avoir donné un long baiser, il la souleva de terre et l'emmena à l'intérieur. Du talon, il referma la porte derrière eux, et instantanément Savannah ressentit un désir urgent d'intimité totale avec lui.

Mike la reposa à terre et colla son corps au sien.

— Où est Jessie ?

— Elle dort.

Cette réponse agit comme un signal. En quelques secondes, leurs vêtements jonchaient le sol. Mike la plaqua contre le mur et, de son côté, elle enroula ses jambes autour de la taille de son partenaire. Ils s'étreignirent frénétiquement, violemment. Au plus fort de leur étreinte, Mike poussa une sorte de rugissement :

— Je t'aime, Savannah !

Des mots qui la submergèrent de bonheur et la précipitèrent dans le chavirement absolu des sens...

Quand elle rouvrit les yeux, elle rencontra le regard brûlant de Mike. Il enserra alors doucement son visage entre ses mains, et répéta avec fermeté :

— Je t'aime.

— Oh, Mike, moi aussi je t'aime ! Tu m'as tant manqué. Je me fiche de Troy, du cabinet, tout ça a si peu d'importance. Tu es tout ce qui...

La bouche de Mike bâillonna la sienne de façon si possessive qu'un long frémissement balaya tout son être.

— Allons dans la chambre, murmura-t-elle à bout de souffle.

Une heure plus tard, alors que Savannah avait enfilé une sortie de bain et Mike noué une serviette autour de sa taille, celui-ci déclara :

— J'ai quelque chose pour toi. Tiens.

Il lui tendait une petite boîte recouverte de velours noir.

Savannah s'en empara timidement, non sans lui jeter un regard interrogateur, et l'ouvrit... A l'intérieur, une bague en platine incrustée de diamants et de saphirs brillait de tous ses feux.

— Oh, Mike, elle est magnifique ! s'exclama-t-elle, comblée.

Se saisissant de la bague, Mike la lui passa au doigt.

— Je t'ai offert un anneau pour notre mariage, murmura-t-il, mais cette bague-ci, c'est le symbole de l'amour que j'éprouve pour toi.

Elle le regarda les larmes aux yeux, le cœur battant à tout rompre.

— Merci, Mike. Je te promets d'être digne de cet amour. Oh, je suis si heureuse que tu sois rentré !

Des larmes de joie roulaient sur ses joues.

— Non, ne pleure pas, mon amour, souffla-t-il tendrement.

— Je suis si heureuse ! répéta-t-elle.

— Moi aussi, dit-il en la serrant et la couvrant de baisers.

Ils restèrent un instant silencieux, puis Savannah reprit :

— J'avais si peur que tu ne reviennes pas.

— Désolé d'être parti sans prévenir et de n'avoir pas donné de nouvelles, mais j'avais besoin de réfléchir : je ne peux penser à rien quand tu es près de moi.

— Tu exagères tout de même ! A présent, tu vas dire que c'est ma faute si tu as disparu pendant quatre jours ?

— Oh, non ! On ne va pas déjà se disputer !

— Non ! dit-elle farouchement en se blottissant contre lui.

Ce fut alors que, dans la chambre voisine, des pleurs se firent entendre…

— Jessie ! Laisse-moi m'en occuper, demanda Mike. Elle m'a manqué, elle aussi.

Ayant rapidement enfilé un jean et un T-shirt, il se dirigea vers la chambre de sa fille, pendant que Savannah se rhabillait sans se presser.

Son cœur était en liesse, elle ne parvenait pas à s'habituer à son bonheur.

Ce soir-là, lorsqu'ils se retrouvèrent pour le dîner après avoir couché Jessie, Mike déclara gravement :

— Savannah, il y a un sujet que…

— Je me fiche pas mal de Troy, l'interrompit-elle. Fais ce que tu veux, je refuse de mettre mon mariage en péril pour lui.

A cet instant, il sortit des clichés de sa poche et les lui mit sous les yeux.

— Ce sont des photos du cabinet Plunket & Plaine. Je les ai prises hier, de la rue. Regarde-les attentivement.

— Il semble cossu, commenta-t-elle, avant de se concentrer plus précisément sur les personnes que l'on apercevait derrière les carreaux.

Seigneur ! Elle venait de reconnaître Troy ! Quel choc ! Mike avait donc raison…

Lentement, Savannah releva la tête.

— Je ne comprends pas. Notre cabinet est rentable, nous gagnons de l'argent. Pourquoi fait-il cela ?

176

— Au départ, j'ai pensé qu'il voulait se venger de toi parce que tu l'avais éconduit.

— Au départ, dis-tu. Et après ?

— J'ai enquêté sur le train de vie de Troy et me suis rendu compte qu'il avait énormément augmenté ces derniers temps. Je crois que tu devrais louer les services d'un comptable pour un audit.

Le premier réflexe de Savannah fut de protester, puis elle se rappela ses résolutions.

— Entendu, admit-elle, c'est ce que je vais faire.

— Parfait ! Et à présent, madame Remington, oublions Troy Slocum et venez sur mes genoux.

Deux semaines plus tard, le comptable présentait le résultat de l'audit à Savannah.

Deux jours après, elle lui donnait rendez-vous au cabinet. Elle avait par ailleurs prié Mike d'être présent. A 10 heures du matin, alors que tous deux avaient pris place dans son bureau, elle appela Troy.

Quand celui-ci entra, il sourcilla à la vue de Mike.

— Troy, commença Savannah d'une voix posée, je souhaite te présenter Dwight Eaton, il est comptable.

Comptable ? De toute évidence le terme inquiéta Troy, qui lui lança un regard interrogateur.

— Assieds-toi, poursuivit-elle. M. Eaton a des informations à nous communiquer.

Sur un signe de tête de Savannah, ce dernier commença à énumérer les montants que Troy avait facturés à des clients… sans le signaler au cabinet. Celui-ci bondit immédiatement sur ses pieds.

— C'est une chasse aux sorcières ! s'écria-t-il. J'exige la présence d'un avocat et refuse de continuer à entendre cette accusation.

— Vous allez effectivement entendre la suite en compagnie de votre avocat, car vous aurez besoin d'un défenseur, intervint sèchement Mike. Une plainte a déjà été déposée contre vous pour escroquerie.

— Je savais bien que tout cela, c'était votre faute ! s'écria Troy en se campant devant lui.

— J'appelle la police ! annonça Savannah, sentant que les deux hommes allaient s'empoigner.

De fait, alors qu'elle soulevait le combiné, le premier coup de poing partit. Rassemblant ses documents, le comptable s'éloigna prudemment du champ de bataille.

— Savannah, sors de cette pièce, et vous aussi, Dwight, ordonna Mike avant de porter la main à sa poche… d'où il sortit un revolver qu'il pointa vers Troy.

— Slocum et moi allons attendre gentiment l'arrivée des forces de l'ordre, continua-t-il.

Quelques minutes plus tard, on passait les menottes à Troy qui, se retournant une dernière fois, lança à l'adresse de Mike :

— Espèce de salaud ! Vous me le paierez.

A ces mots, Mike fit un pas vers lui, menaçant. Un policier lui enjoignant de reculer, il obtempéra sans protester, mais entoura Savannah d'un bras protecteur.

Tous les employés du cabinet rassemblés dans le vestibule assistèrent au départ de Troy sous escorte.

— Je sortais avec lui depuis quelques semaines, dit Liz, toute pâle. Jamais je n'aurai soupçonné chez lui une telle duplicité.

— Nous fermons pour aujourd'hui, annonça Savannah. Vous pouvez rentrer chez vous.

Lorsque Mike et Savannah se retrouvèrent dans la Sedan, elle soupira un grand coup.

— Je déteste ce genre de scène. C'était horrible !

— Tu n'es en rien responsable de son inconduite, alors ne te fais pas de souci pour lui. Cela fait un an à présent qu'il t'escroque.

— C'est tout de même incroyable. Un homme à qui je faisais une confiance absolue ! Comment a-t-il pu se comporter de cette façon ?

— L'appât du gain, mêlé à un désir de revanche amoureuse plus ou moins conscient.

— Il était largement à l'abri du besoin, il n'avait pas besoin de voler...

— Certaines personnes en veulent toujours plus, hélas. Allons, Savannah, à présent, c'est terminé. Tu vas pouvoir reprendre les choses en main l'esprit en paix.

Épilogue

Savannah et Mike s'étaient baignés tout l'après-midi et assistaient à présent au flamboyant coucher du soleil sur la mer. Les vagues clapotaient doucement à leurs pieds, et le croissant de lune jetait des éclats argentés. Savannah se serra lascivement contre Mike, allongé à côté d'elle sur le drap de bain.

— C'est idyllique, murmura-t-elle.

Celui-ci glissa alors ses doigts dans sa chevelure qui fleurait bon l'iode.

— Une lune de miel reportée, c'est toujours mieux que pas de lune de miel du tout.

— Une lune de miel reportée, c'est merveilleux ! Surtout sur cette île qui n'appartient qu'à nous. J'adore cet endroit.

— Moi aussi. On peut y faire l'amour sur la plage en toute tranquillité. En outre, le stock de survie de la villa est suffisant pour tenir un siège de trois mois.

— Sans compter que tu es un excellent pêcheur, s'exclama Savannah en riant. Oh, Mike, si tu savais comme je suis heureuse !

— Je le sais, Savannah, car je partage ce bonheur.

— Et si nous appelions mes parents pour savoir si Jessie…

— Non ! trancha-t-il. Nous avons eu tes parents ce matin au téléphone, elle va parfaitement bien. Ils finiraient par croire que tu ne leur fais pas confiance !

180

— Tu as raison... Dis-moi, as-tu l'intention de poursuivre ton activité de détective, lorsque nous serons de retour au Texas ?

— Oui, mais je me spécialiserai dans l'espionnage industriel, ce sera plus intéressant que de rechercher des chevaux.

— Pourtant, grâce à cet étalon blanc, tu as trouvé l'amour, observa-t-elle.

— L'amour que j'éprouve pour toi n'a rien à voir avec ce cheval !

— Mais tu es son quatrième propriétaire, et vous êtes tous mariés.

— On se serait mariés sans cette légende, dit-il en déposant un bref baiser sur sa tempe. D'ailleurs, toi et moi nous sommes mariés avant que Wyatt ne me le donne.

— Peut-être, mais nous n'étions pas encore amoureux !

— Vas-tu passer la moitié de ta vie à me contredire ?

— Je tâcherai de te le faire oublier durant l'autre moitié, répondit-elle, mutine.

Mike lui décocha un regard mi-outré mi-amusé, puis l'interrogea à son tour :

— Et toi, Savannah, comptes-tu continuer à travailler ? Avec la fortune dont nous avons hérité, tu pourrais parfaitement confier la gestion du cabinet à un autre avocat. Ainsi, tu pourrais consacrer plus de temps à Jessie.

— Pourquoi pas ? Je vais y réfléchir. Cependant, il faudrait que j'aie une double motivation. Un autre enfant, par exemple...

— Bon sang, Savannah, je viens juste de me faire à l'idée d'être père, et voilà que tu parles d'un deuxième enfant !

— Allons, tu ne voudrais pas d'un deuxième bébé aussi adorable que Jessie ?

L'attirant à lui, Mike déclara alors d'une voix rauque :

— Entendu, je suis partant ! Mais tu ne devras jamais oublier que c'était *ton* idée.

A ces mots, ils roulèrent en riant sur le sable fin.

Serrée contre son mari, Savannah savourait son bonheur inespéré.

Un bonheur dont elle n'avait jamais osé rêver même dans ses rêves les plus fous.

Un bonheur qu'elle devait à cet homme, qui avait débarqué comme un étalon sauvage dans son bureau avant de s'installer avec fracas dans sa vie, pour se loger enfin à jamais dans son cœur.

Un bonheur précieux qu'elle prendrait soin d'entretenir tout au long de sa vie.

Chère lectrice,

Vous nous êtes fidèle depuis longtemps?
Vous venez de faire notre connaissance?

C'est pour votre plaisir que nous avons
imaginé un rendez-vous chaque mois
avec vos auteurs préférés, vos
AUTEURS VEDETTE dans les
collections Azur et Horizon.

Les **AUTEURS VEDETTE** *vous
donneront rendez-vous pour de
nouveaux livres vedette.*

Pour les reconnaître, cherchez
l'étoile... Elle vous guidera!

Éditions Harlequin

HARLEQUIN

LE FORUM DES LECTEURS ET LECTRICES

CHERS(ES) LECTEURS ET LECTRICES,

VOUS NOUS ETES FIDÈLES DEPUIS LONGTEMPS?

VOUS VENEZ DE FAIRE NOTRE CONNAISSANCE?

SI VOUS AVEZ DES COMMENTAIRES, DES CRITIQUES À FORMULER, DES SUGGESTIONS À OFFRIR, N'HÉSITEZ PAS... ÉCRIVEZ-NOUS À:
LES ENTERPRISES HARLEQUIN LTÉE.
498 RUE ODILE
FABREVILLE, LAVAL, QUÉBEC.
H7R 5X1

C'EST AVEC VOS PRÉCIEUX COMMENTAIRES QUE NOUS ALLONS POUVOIR MIEUX VOUS SERVIR.

DE PLUS, SI VOUS DÉSIREZ RECEVOIR UNE OU PLUSIEURS DE VOS SÉRIES HARLEQUIN PRÉFÉRÉE(S) À VOTRE DOMICILE, NE TARDEZ PAS À CONTACTER LE SERVICE D'ABONNEMENT; EN APPELANT AU (514) 875-4444 (RÉGION DE MONTRÉAL) OU 1-800-667-4444 (EXTÉRIEUR DE MONTRÉAL) OU TÉLÉCOPIEUR (514) 523-4444 OU COURRIER ELECTRONIQUE: AQCOURRIER@ABONNEMENT.QC.CA OU EN ÉCRIVANT À:
ABONNEMENT QUÉBEC
525 RUE LOUIS-PASTEUR
BOUCHERVILLE, QUÉBEC
J4B 8E7

MERCI, À L'AVANCE, DE VOTRE COOPÉRATION.

BONNE LECTURE.

HARLEQUIN.

VOTRE PASSEPORT POUR LE MONDE DE L'AMOUR.

<u>COLLECTION HORIZON</u>

Des histoires d'amour romantiques qui vous mènent au bout du monde!

Découvrez la passion et les vives émotions qu'apportent à la Collection Horizon des auteurs de renommée internationale!

Captivantes, voire irrésistibles, ces histoires d'amour vous iront assurément droit au coeur.

Surveillez nos trois nouveaux titres chaque mois!

69 L'ASTROLOGIE EN DIRECT
TOUT AU LONG
DE L'ANNÉE.

(France métropolitaine uniquement)
Par téléphone 08.92.68.41.01
0,34 € la minute (Serveur SCESI).

Composé et édité par les
éditions Harlequin
Achevé d'imprimer en juin 2005

BUSSIÈRE
GROUPE CPI

à Saint-Amand-Montrond (Cher)
Dépôt légal : juillet 2005
N° d'imprimeur : 51325 — N° d'éditeur : 11394

Imprimé en France